PARKER J. PALMER

Let Your Life Speak

Listening for the Voice of Vocation

いのちの声に聴く

ほんとうの自分になるために

パーカー・J・パルマー［著］
重松早基子［訳］

いのちのことば社

はじめに

本書に収められた一章以外の章は、過去十年間さまざまな出版物の中でエッセイとして掲載されたものである。私はそれらにかなり手を加えて、書き直した。私の目的は、一冊の本の形にすることだった。単に天職について書かれたものの寄せ集めではなく、人生の大半を費やすことになるこの主題を一つのまとまった形で探る本にしたかった。

それらの出典について言及するのは、出所を公表することは大切だと思うし、また私を信頼してエッセイを依頼してくれた人々が、私の天職の大切なパートナーだからだ。

第二章「ようやく今、ほんとうの自分になる」は、もともとはノースキャロライナ州スワナノアにあるウォーレン・ウィルソン大学のG・D・ディビッドソン教授の講義で語り、後に大学がパンフレットとして発行したものだ。講義に用いる原稿という通常とは少し違う決まり事が、このエッセイを構成する助けとなった。私に与えられた課題とは、天職をテーマに私の人生をふり返るというものだった。うまくいったことと同時に、失望や失敗から学んだ教訓も含んでほしいという。加えて、若い人とともに年配者にもアピールするよう話してくださいと頼まれた。私の友人である当大学の学長ダグ・オアが、さまざまな人を招待してくれたことを感謝している。ドンとアン・ディビッドソン両氏には、このように回想をする機会を与えてくれたことを感謝する。さらに、大学関係者の皆さんには、心からのおもてなしをもって私の言葉を受け入れてくださったことに感謝している。

第三章「道が閉ざされたとき」は、もともと霊性を扱う季刊誌ウィービングス誌のために編集者であるジョン・モガブガブ氏からの依頼を受けて書いたものだ。私の長年の良き友であるジョンは、ウィービング誌を創刊間もないときから育て上げ、当雑誌は今ではこの分野で最もすばらしい刊行物の一つとして広く認められるまでになった。

第四章「落ちるところまで落ちる」は、もともとウィービング誌でヘンリ・ナウエンを追悼した特別号「傷ついた癒し人」のために書かれたものである。ヘンリは、ジョン・モガブガブ氏と私にとって大切な友人でありメンターであった。この章は、友情が与える卓越した力の証しでもある。この章の中で私は自分のうつ病体験について語っているが、このテーマは今も共にいる友人と今は亡き友人の助けなくして、これほどオープンに語ることはできなかっただろう。

第五章「リーダーの内面が組織に表れる」は、もとはインディアナ州のキャンパス・ミニストリーズで語ったスピーチで、後にパンフレットとして発行されたものである。私の友であるマックス・ケース事務局長には、私を招待し、励ましを与えてくれたことに感謝している。また三十年前、私が召命への最初の一歩を踏み出す手助けをしてくれた全米中のキャンパス内で働く多くの牧師、神父、ユダヤ教の指導者たちにも心から感謝している。当時は、霊性について語る講演者を招く学校、少なくとも公の場はほとんどなかった。ありがたいことに、今日では状況が変わったが。

第六章「人生には四季がある」は、フェッツァー協会の会長で私の良き友人、また天職でもパートナーであるロブ・リーマン氏から依頼を受け、フェッツァーのリトリート・センターであるシーズンズのオープンのために書かれたものである。当協会はこのエッセイをパンフレットとして発行し、シーズンズのゲストがベッドサイドで読めるようにした。それはちょうど、ホテルの枕もとに置かれるチョコレートのようなものだろう。ロブ・リーマン氏は、複雑な内面と外面のいのちのつながりについて啓蒙する先駆者だと私は思う。

ジョシー・バス社で編集を担当してくれたサラ・ポルスター氏には、心から感謝している。近年私のエッセイの多くが天職をテーマにしたものだと指摘してくれたのは彼女が初めてで、一つの本になる可能性を信じてくれた。彼女のすぐれた編集力のお陰で、私の力だけでは到底なしえなかった統一感が生まれ、これらのエッセイは一冊の本となった。

出版のすばらしいパートナーであった、ジョシー・バス社のキャロル・ブラウン、ジョアン・クラップ・フラガー、パウラ・ゴールドスタイン、ダニエール・ニーリー、ジョアナ・ヴォンデリング、ジェニファー・ホィットニー氏らスタッフの皆さんにも感謝したいと思う。

この本の中で私がたどった旅の大部分は、私の過去と現在の家族と共に、また彼らの助けによって実現した。彼らを私の物語に含まなかったのは、彼らの物語は彼らだけのものだからだ。私がどのように語るべきかを知り、語る権利があるのは私自身の物語だけであるように。しかし、私たちが共に経験した旅の部分を書いている際には、家族のことがよく頭にのぼり、深い感謝の気持ちでいっぱいになった。

サリー・パルマー、ブレント・パルマー、トッド・パルマーそして、キャリー・パルマー、ここに至るまであなたがたが与えてくれた愛情に感謝したい。

ヘザー・パルマー、新たな愛と笑いを私の人生にもたらしてくれて、ありがとう。ただ、私が野菜を食べるよう催促するのをやめてくれたら、もっとありがたいのだが。

シャロン・パルマー、あなたのすぐれた編集力に感謝している。作家としての私の天職に、あなたのその賜物はなくてはならないものだ。さらに、いのちに語らせることを学ぶたびに、私を支えてくれるあなたの愛情に感謝したい。

一九九九年七月　ウィスコンシン州マディソンにて

パーカー・J・パルマー

目次

第一章　いのちに耳を傾ける

いつか川が凍りついたとき、私に訊いてくれ
私が犯した失敗について。
私に訊いてくれ
人生で私が行ったことについて。
徐々に他の人が私の考えに影響を与え
私を助けようとしたり、傷つけたりした。
私に訊いてくれ
彼らの熱心な愛、あるいは憎しみが
どれほどの違いをもたらしたのか、と。

君が語ることに、私は耳を傾けよう。
君と私は沈黙する川に目を向けることができ、
そして、待つ。
私たちは知っている、
そこに流れがあることを。
目には見えなくとも、何マイルも向こうから
それは流れて来ては、去って行く。
私たちの目の前では静寂を保っていても。
川が語ること、それがつまり私が語ることだ。

（ウィリアム・スタフォード「私に訊いてくれ」）

「人生で私が行ったことについて、私に訊いてくれ。」ある人にとって、このような言葉は無意味で、詩人特有のわかりにくい言葉と理屈にすぎないと思われるだろう。私が行ったことが、私の人生であるのは当たり前ではないか。ほかに何になぞらえられるというのか。

しかし、ある人にとって――私もその一人だが――この詩人の言葉には鋭く心を貫き、揺さぶるものがある。この詩は、今の人生が私の願っていたものではないと見えてきたとき――私の目が見えているとしたら、の話だが――のことを思い起こさせる。そのようなときに、ほんとうの自分のいのち、氷の下に流れる川のように隠されたいのちが一瞬ちらりと見えたりする。そして、この詩人のような気持ちになって、私は考える。私は本来、何をすべきか、と。私のあるべき姿とは、どのようなものだろう。

私が実際に天職を求め始めたのは、三十代の初め頃だった。目に見えるところでは事は順調に進んでいたが、魂はそのような見せかけにだまされなかった。富を築いて権力を持ち、競争に打ち勝って確実に成功をつかむような生き方ではなく、もっと意味のある道を求めるべきだ――。本来の自分の人生ではなくとも、そのような生き方をすることは確かに可能だと私は思っていた。ただそれを実行に移すことに恐れを感じ、――自分の内に隠されていた深淵で真実ないのちについてはよくわかっておらず、またそれが実在し、信頼できるものか、あるいは手に届くものかさえ確信が持てなかった――私はよく夜中に目が冴えて、何時間も天井を見つめていた。

そのようなとき、私はたまたま昔からあったクエーカーの格言に出合った。「あなたのいのちに語らせなさい。」私はこの言葉に励ましを感じ、次のように理解したように思う。「最も崇高な真理と価値観にあなたを導いてもらいなさい。すべてのことにおいて、その高い水準に見合う生き方をしなさい。」当時、まさにそのような生き方を実践している人たちを英雄としてあがめていたので、私にとってこの勧めは受肉的な意味を持っていた。つまり、その言葉はマーティン・ルーサー・キング・ジュニア、ローザ・パークス、マハトマ・ガンディー、ドロシー・デイのような崇高な目的を持った生き方を意味していた。

それで私は思いついた最も崇高な理想を並べ立て、それらを達成するように計画した。結果は称賛に値するものはきわめてまれ、ほとんどは失笑を買うようなもので、時にはグロテスクですらあった。しかし、たいていそれらは非現実的なもので、ほんとうの私からかけ離れたものだった。内から外を変えるのではなく、外から内を変えようとして生きる場合、必ずそうなってしまうのだ。私はただ、自分のものではない「崇高な」生き方を見つけたにすぎなかった。自分の心に耳を傾ける代わりに、それは私のあこがれの人たちを模倣しただけの生き方だった。

三十数年を経た今、「あなたのいのちに語らせなさい」という言葉は、私にとって別の意味を持つようになった。この言葉の持つ曖昧さと私自身の経験から、複雑な意味を併せ持つようになった。「人生で何をするつもりなのかを自分のいのちに告げる前に、いのちがあなたと一緒に何をしようとしているのかを聴きなさい。理想とする真実や価値を自分のいのちに告げる前に、今実際にあなたの生き方を通して表している真実や価値を自分のいのちから教えてもらいなさい。」

若かったときに理解していた「あなたのいのちに語らせなさい」という言葉によって、私は想像しうる最も崇高な価値観の虜となり、それらが自分に合っているかどうかもお構いなしに、そのような生き方に自分をはめ込もうとした。その生き方が「価値観に従って生きるべきだ」という考え方と同じに聞こえるのは、実は私たちがそのような教えをくり返し受けてきたからだ。世の中には、倫理的な生き方を薄めた単純きわまりない道徳的なものが存在する。それはおそらく、善行に関するベストセラーの本の索引を参考にしながらリストを作り、二度ほどチェックした後、悪を避け、いい人でいるために一生懸命努力する類いのものだ。

人生には、人格が形成途中に壊れてしまわないようにと私たちを守る、甲羅のような価値観を必要とする時期がある。しかし、もし大人になっても頻繁にそのような時期に立ち戻るようなら、何かが非常に間違っている。別の人の人生を生きようとしたり、あるいは抽象的な模範によって生きると、必ず失敗に終わる。かえって、大きなダメージを受ける場合すらある。

私がかつて求めていた方法では、天職は意志によるものであり、望む、望まないにかかわらず、人生をこちらか、あちらかに進める断固とした決断であった。もし、自己が罪に満ちたもので、強要されるときのみ真実と義に従うと仮定するなら、天職に対するそのようなアプローチは理にかなっているだろう。しかし、私が信じているように、自己が病的なものではなく、健全なものを求めているとすると、勝手気ままに天職を求めることは、自分自身への暴力行為である。ビジョンと言えば高尚に聞こえるが、内面から成長していくのではなく、何もないところから自己にむりじいするビジョンという名の暴力だ。ほんとうの自己は侵害されると、時に大きな犠牲を払いながら、私たちが真実を受け入れるまでいのちを牽制しつつ、常に私たちに抵抗するものだ。

天職というのは、勝手気ままな思いから来るものではない。それは、聴くことによって得られる。天職がどのようなものかを理解するために、自分のいのちに耳を傾けなければならない。なぜなら、それは私がこうあってほしいと願うものとかなりかけ離れているからだ。自分のいのちに聴かなければ、たとえその意図がどれほど真摯でも、私はこの世で真実なものを何も残せないだろう。

このような考え方は、天職（vocation）という言葉そのものに隠されている。天職は、もともとラテン語の声（voice）という言葉から来ている。天職には、私が探し求めるゴールという意味はない。それは、私が聞くことによって与えられる召命（calling）を意味する。人生で何がしたいのかを自分のいのちに語る前に、自分がだれなのかをいのちに聴かなければいけない。私自身のアイデンティティーの中心にある真実や価値に耳を傾ける必要がある。このように生きるべきだという基準ではなく、自分らしい人生を生きるとしたら、私はこう生きざるをえないという基準をいのちに聴くのだ。

天職を理解するために、その背後にある一つの真実を知る必要がある。天職は自我の領域を侵すため、自我は天職に対して聞く耳を持たない。すべての人は、日々意識している「私」とは違ういのち、「私」という外枠としてのいのちを持っている。そのことを冒頭に挙げた詩人は知っていたし、すべての昔からある知恵もそう教えている。自我がそうありたいと願う自分とほんとうの自分との間には大きな隔たりがあり、自我を守るために仮面や都合のいい作り話を用いるのだ。

この二つの違いに気づくには、長い時間と厄介な経験を必要とする。つまり、私が自分の人生と呼ぶ表面的な経験の下には流れがあって、そこには深淵で真実ないのちがある。その真のいのちに気がつくには時間と痛みが伴うのである。この真実一つを取ってみても、「あなたのいのちに耳を傾けなさい」という助言に従うのはむずかしいことがわかる。さらにそれをむずかしくしているのは、小学校に通い始めた第一日目から、私たちは自分にではなく、まわりにいる他人に耳を傾けるよう教わってきたからである。他人やまわりの人の知恵から、私たちは生きる術を学んできた。

時々、私はリトリートの講師として呼ばれ、参加者たちが私の話から書き取ったノートを私に見せてくれることがある。このパターンは、ほぼ万国共通である。人々は講師の言ったことをたくさんノートに書き留め、時には同じグループにいた知恵ある人の言葉もノートに取る。しかし、自分が言ったことをノートに書き留めることはめったにない。私たちはあらゆるところから教えを受けようとするが、自分の内には耳を傾けないものだ。

私は、リトリートの参加者にノートの取り方を逆にするように強く勧めている。というのは、私たちが語る言葉の中に自分に必要な助言がよく含まれているからだ。私たちは何かちょっとしゃべっただけで、そのことを理解しているような気になってしまうようだ。

しかし、ほとんどの場合、私たちは理解していない。特に、知性や自我よりさらに深い内面から話をしたり、心の中の教師が安心して真実を語り出したようなときは。そのようなとき、自分のいのちが何を言っているのかを聴き、ノートを取る必要がある。自分に関する真実を忘れたり、そのようなことを聞いたことがないと言わないためにも。

もちろん、言葉で表現することだけが、私たちのいのちが語る唯一の方法ではない。おそらく言葉より、私たちの行動や反応、直感や本能、感情や体の状態を通していのちは饒舌に語ることがある。光に向かって曲がる習性を持つ植物のように、私たちはある経験には引き寄せられ、別の事には拒否反応を起こしてしまうようだ。私たちの経験に対する反応や毎日何気なく書いている文章から何かを読み取れるようになると、もっと自分らしく生きるための必要なメッセージを受け取ることができるだろう。

しかし、もし、聞きたいことや喜んで人に告げたいことを自分のいのちに語らせるのなら、聞きたくないことや人には告げたくないことをもいのちに語らせなければいけない。私のいのちは、長所や徳ばかりではない。負い目や限界、背きの罪や影とも関わっている。大切なことだが、見落とされやすい「全体性」を追求するには、自信があって誇れることと同時に、嫌悪し恥としていることをも受け入れなければいけない。詩人が「私が犯した失敗を訊いてくれ」と言っているのも、そのためだ。

この後の章で、私は自らの失敗談――間違った道を選んでしまったり、ほんとうの自分を誤解したり――をよく取り上げている。そのときには気がつかなかったことが、私自身の天職を探す大切なヒントとなったからだ。私の失敗についてはこの詩人以上に落胆してはいないが、時にそれらの失敗が他の人に痛みを与えてしまったことを深く後悔している。私たちのいのちは「真理の実験」（ガンジーの自伝の副題から借用させてもらった）であり、実験において否定的な結果は、少なくとも成功と同じくらい重要だと思う。失敗なくして、私は自分の真実の姿や召命について学ぶことなど決してできなかっただろう。その点から言うと、私はもっと分厚い本を書くべきだった。

私たちは、どのようにしていのちに耳を傾けるべきかと追求し続ける必要がある。情報の出所が人の魂である場合、私たちはほとんど役に立たない方法で情報を得ようとする場合が多い。魂は裁判所からの召喚状にも、反対尋問にも応答しない。せいぜい、被告席に長く居座って黙秘権を行使するのが関の山だ。最悪の場合、保釈金に飛びつき、二度とその声を聞くことはできない。魂は静かで、信頼でき、かつ歓迎されているような状況下でのみ、真実を語るのだ。

魂は、野生動物のようだ。強く、快活で、頭がよく、自立心はあるが、極端に人見知りをする。野生動物を見たいときに一番やってはいけないことは、動物が出てくるように叫びながら、森に突進して行くことだ。しかし、もし、静かに歩きながら森の中に入って行って一、二時間、音も立てず木の根もとに腰をかけて待つことができたら、私たちが待っている動物が現れるかもしれないし、探し求めていた貴重な野生動物を一瞬でも目の端で捉えることができるかもしれない。

この章の冒頭に挙げた詩が沈黙で終わっている理由は、そこにある。この章を閉じるにあたり、私は読者を沈黙ではなく、この章の後に続く私の話に導いていることを少々恥ずかしく思っている。私の話は、沈黙の中で私の魂から聞いたことに忠実であるようにと願っている。また、椅子に座ってこの本を読んでいる読者にも、文章を書いたり、言葉を読んだりする際には、常に私たちのまわりを取り囲んでいる沈黙を聞いてほしいと願っている。なぜなら、生きる意味を理解するようにと絶えず私たちを招いてくれるのは、沈黙であるからだ。さらに、言葉が決してふれることができない深い意味に気づかせてくれるのも、沈黙なのである。

第二章　ようやく今、ほんとうの自分になる

天職のビジョン

わずか二十一の選び抜かれた単語で巧みに編まれたメイ・サートンの詩は、率直かつ精緻なまでに天職の探求、少なくとも私の経験を彷彿させる。

ようやく今、私はほんとうの自分になる。
時間がかかった。
長い年月とさまざまな場所。
打ちのめされ、揺さぶられ、
他人の仮面をかぶっていたこともあった。……

人が本来の自分になるには、何という長い時間がかかることだろう。その過程で、どれほど他人の仮面で自らを覆うのだろうか。心奥に隠されたアイデンティティーを見つけるまで、どれほど自我が砕かれ、揺さぶられる経験が必要なのだろう。すべての人の内にある真の自己こそが、本物の天職の種だ。

私が初めて天職について学んだのは、小さい頃から通っていた教会だった。私は、自分が育った宗教的な伝統を大切にしている。つまり、謙遜に自らの罪を自覚することや世界に存在する多様性を尊重すること、正義に関心を持つことなどを常に心がけてきた。しかし、そのような環境の中で培った「天職」についての考え方は、私の自己が確立してその間違いに気づくまで、歪められていた。かつて私が天職、あるいは召命について抱いていた考え方は、自分以外の外からの声に由来していた。それは、私たちが目標とするような立派な人間になれと求める道徳的な声であった。だれか別の人、私たちがなれそうもない人になれ、という要求であった。

このような天職の概念は、強い自己不信から来たものだ。罪ある自己は外からの正しい力によって矯正されない限り、常に「自分勝手」に生きてしまうという考えが背後にある。この概念によると、自分らしい人生を生きるだけの力が私たちには十分にないので、理想の自分を生きようとするが、ほんとうの自分との大きなギャップから罪意識が生じ、そのギャップを埋める努力で疲れ果ててしまう。

今日、私は天職についてかなり違った解釈をしている。天職とは達成すべき目的ではなく、受け取るべき賜物と理解している。天職を見つけることとは、手に届かない目的に向かってよじ登ることではなく、すでに所有している真の自己という宝を受け入れることである。天職は、私ではないだれかになるように求める「遥か彼方」の声から来るものではない。それは「内在する」声から来るもので、生まれ持ったものを開花させるよう、あるいは生まれたときに神から与えられた自分自身になるように求めている。

天職は、生来与えられた自己という少し変わった賜物だ。それを受け取ることは、他人になりすますことより、さらに大変な作業を必要とする。私自身その賜物を無視したり、隠したり、浪費したり、それから逃げようとしたこともあった。おそらく、そのようなことをしたのは私だけではないと思う。あるユダヤ教の話の中に、他人になりすましたいというこの万国共通の傾向と、自分らしく生きることの大切さを、驚くほど的確に指摘する箇所がある。ユダヤ教の教師ズッシャが年老いたとき、こう言った。「来る世で、『あなたはなぜ、モーセではなかったのか』とはだれも尋ねない。彼らは私にこう尋ねる。『なぜ、あなたはズッシャではなかったのか。』」

もし、人はみな賜物として、かつ賜物を持って生まれたことを疑うなら、幼い子どもに目を注いでほしい。数年前、私の娘が生まれたばかりの赤ちゃんを連れて、しばらくの間私のもとで暮らすためにやって来た。この世に生まれたばかりの頃から孫娘を見ていると、五十代になった今、二十代で親になったときには気がつかなかったことが見えるようになった。私の孫娘はすでに、「彼女」としてこの世に生まれて来たのであって、決してそれ以外の者として生まれて来たのではない、と。

彼女は決して、未完成な素材として姿を現し、これから徐々に世間が求めるイメージに形づくられていくわけではなかった。彼女自身の賜物はすでに形づくられ、彼女特有の聖なる魂の形を持ってこの世に生まれてきたのだった。聖書的な信仰はそれを神の御姿と呼び、私たちはすべてそのように造られた。トーマス・マートンは、それを真の自己と呼ぶ。クエーカーたちはそれを内なる光、あるいはすべての人の内にある「神のそれ」と呼ぶ。人道主義者は、アイデンティティーとかインテグリティーと呼ぶ。どのような名称で呼ばれようと、それは「すばらしい値打ちの真珠」（マタイ一三・四六）であることに違いはない。

生まれて間もない孫娘と生活する中で、彼女が持って生まれた気質や傾向を観察するようになった。彼女が好きな物、嫌いな物、惹かれる物、拒絶する物、彼女がどのように反応し、何をし、どのようなことを言うのかということに私は気がついたし、今でも気づかされる。

私は、観察したことを一通の手紙にしたためている。彼女が二十歳前後になったとき、次のような前書きをつけてこの手紙が必ず彼女のもとに届くようにするつもりだ。「これらは、あなたがこの世に生まれて間もない頃の姿を描いたものです。これは、最終的なイメージではありません。それは、あなたにしか描くことができません。しかし、これはあなたのことをとても愛している人によって、描かれたものです。この手紙はきっと、おじいちゃんがなかなかできなかったことをあなたはもっと早くできるように助けてくれることでしょう。あなたが生まれたとき、どんな人であったかをいつも心にとめ、真の自己という賜物を取り戻してください。」

私たちは、生まれ持った賜物とともにこの世にやって来る。その後、その賜物を自ら放棄して半生を過ごすか、他人に言われて手放してしまう。若いとき、私たちはほんとうの自分とはほとんど何の関係もない期待に囲まれている。あるいは、その人らしさなど全く考慮せず、ただ私たちを型に押し込めようとする人々に囲まれている。家族、学校、職場、教会においても、私たちは真の自己を否定して、人の期待に添うように訓練されている。人種差別や性差別のような社会的プレッシャーの下では、私たちが生まれ持った形はもはや原型をとどめないほど変形してしまっている。恐れに突き動かされ、人に認めてもらいたいがために、どれほど頻繁に私たちは真の自己を裏切っていることだろう。

人生の初めの半分で、私たちはもともと与えられた賜物から目をそらされてしまっている。それから――もし、私たちが目をさまし、認識し、私たちが失ったものを認めることができれば――次の半生でかつて持っていた賜物を回復したり、取り戻すことに努めるのである。

真の自己の道から外れてしまったとき、どうやって元の道に戻ることができるのだろうか。一つの方法は、天賦の賜物と身近に暮らしていた若い頃にヒントを見いだすことだ。数年前、ある意味タイムマシーンのようなものの助けによって、私は自分に関するいくつかのヒントを発見した。ひとりの友人が、ぼろぼろになった一九五七年五月の高校の新聞を送ってくれた。そこには、将来したいことについて語った私のインタビュー記事が掲載されていた。私は海軍のパイロットになり、次に広告の仕事に就きたいと十七歳の青年が考えそうなことをインタビュアーに語っていた。

実を言うと、私はそのとき「他人の顔」を装っていて、それがだれの顔だかはっきりと言うことができる。私の父は、かつて海軍のパイロットだった人と一緒に働いていた。彼はアイルランド系で、カリスマ性とロマンチックな面を併せ持ち、人を惹き付ける魅力に満ちていた。私は、彼のようになりたいと思っていた。また、私の友人の父親が広告の仕事をしていた。それ自体はあまりにもサラリーマンぽい仕事のため、彼の仮面にはあこがれを持っていなかったが、彼の自我を装飾していたスポーツカーや他の大きな「おもちゃ」には大きなあこがれを持っていた。

およそ四十年前のこの自己予言は、後にクエーカーになり、自称平和主義者で、作家、活動家になる人間にとってはかなり外れてしまったと言える。文字どおりに捉えれば、人生の早い段階から、自分を探す道からいかに外れやすいかがわかる。しかし、逆説的な視点から見れば、パイロットや広告マンになりたいという私の願いには、その後長い年月を経て現れる真の自己を知るヒントが含まれていた。それは「ヒント」にすぎないので暗号化されており、解読される必要があった。

広告マンになりたいという願いに隠されていたものは、一生涯私の心を捕らえて離さない言葉の魅力であり、言葉が持つ説得力である。その魅力にとりつかれた私は、こうして何十年にもわたって執筆活動を続けている。海軍のパイロットになりたいという願いに隠されていたものは、もっと複雑だ。最初はあくまでも空想の世界における軍事的暴力へのの興味だったが、長い年月をかけて今日私が切望する平和主義へと展開していった。高校生のときに固く握りしめていたアイデンティティーというコインを裏返したら、歳月の流れとともに表面化していった「正反対のもの」を私は発見したというわけだ。

さらに幼少の頃までさかのぼって見るなら、私の天賦の賜物や召命を理解するヒントを解読する必要はなくなっていく。小学生のとき、私は空を飛ぶことにあこがれていた。当時、多くの男の子がそうしていたように、放課後や週末、軽いバルサ材で作られた飛行機の模型を設計し、作っては飛ばして（たいていの場合）壊すことに夢中になっていた。

しかし、私はほとんどの男の子が興味を示さなかったことをもしていた。飛行に関する八ページから十二ページほどの本を作ることにも、私は多くの時間を費やしていた。紙を横にして中央に縦の線を引き、図形、例えば翼の断面図を描いたりした。タイプライターにその紙を備え、翼を横切る空気がどのように真空状態を作って飛行機を持ち上げるかを説明したキャプションを打ったりした。それから、私が作ったほかの五、六枚のページといっしょに半分に折り、本の背の部分をホッチキスで留めてから、丹念に装画を表紙に描いた。

この本作りの意図は明らかだと、私はいつも思っていた。飛行機に魅せられ、私はパイロットか、少なくとも航空技師になりたいと思っていた。しかし、最近、古い段ボール箱の中から文章が書かれたいくつかの作品を発見したとき、突然真実が見え、それは私が想像していたより明らかだと思った。私はパイロットや航空技師や飛行機関連の職業に就きたかったわけではなかった。私は作家になりたかったのだ。本を作りたかったのだ。それが、小学校三年生のときから今に至るまで、私がずっと試みていた作業だった。

人生の初めから、私たちのいのちは個性や天職を知るためのヒントを示している。ただし、そのヒントを解読するのは困難かもしれない。しかし、それを理解しようと試みることには、大いに価値があると思う。特に、私たちが二十代、三十代、四十代で、全く自己を見失ったように感じるとき、天賦の賜物を疑ったり、それから引き離されているように感じるときには。

これらのヒントは、従来の天職についての考え方に逆らいたいときにも役に立つようだ。従来の考え方では、私たちは「すべきこと」によって行動をとるよう教えられている。それは崇高に聞こえるが、抽象的な道徳観念に従うことによっては、私たちの召命を見つけることはできない。ほんとうの自分を主張することによって、自分らしく生きることによって、頑張ってモーセのようになるのではなく、ズッシャとしてこの世を生きることによって、私たちは召命を見つけることができるのだ。天職に関する最も重要な問いは、「私は人生で何をすべきか」ではない。もっと基本的で厄介な「私はだれか。私の特性とは何か」という問いである。

この宇宙にあるすべてのものには特性がある。つまり、限界もあれば、可能性もある。それは、日々物づくりに励んでいる人にはよく知られた真理であろう。たとえば、陶器を作るという作業は、粘土に陶器になるよう命令してできるものではない。粘土は陶芸家の手を押し戻し、できることとできないことを告げる。もし、陶芸家が粘土の声を聴き損なえば、結果はもろく、いびつなものになる。エンジニアは、こうなるべきだと原材料に命令しない。もし、エンジニアが鉄や木、石などの特性を尊重しなければ、外見上の問題だけではすまなくなる。橋も建物も崩れ落ち、人の命すら危険にさらしてしまうだろう。

人間にも特性があって、限界もあれば可能性もある。あなたが扱っている自分という素材を理解することなく天職を求めるなら、人生であなたが生み出すものはいびつなものになり、あなた自身や周りの人々に害を及ぼすことになる。たとえ価値ある仕事をしていても、自分に嘘をついていたとしたら、それはほめられたものではないし、天職とは無関係だ。それは無知で、往々にして傲慢な行為であり、その人の特性を台無しにし、必ず失敗に終わる。

私たちの最も切実な召命は、ほんとうの自分に成長していくことだ。それが、「こうあるべき」というイメージと一致するかどうかは問題ではない。ほんとうの自分に成長するとき、すべての人が追い求める喜びを見いだすだけでなく、この世で心から仕えることができる道をも見つけることができる。真の天職は、自己と仕事を結びつける。ちょうど、フレデリック・ビークナーが天職を「あなたの深い喜びとこの世の必要が出合う場所」と定義したように。

ビークナーの定義は、まず自分から始まって、次にこの世の必要に目を向けている。この世の必要（それは、つまりすべての事だが）からではなく、自分の特性や自らに喜びを与えるもの、この世で私たちは神が造られた賜物であるという深い喜びから天職を求め始めることが賢明だと思う。

この考え方は従来の薄っぺらな道徳的文化とは逆で、喜びや自己を重要視することは利己的なことではないとしている。クエーカーの教師であるダグラス・スティアは、好んで次のようなことを言っていた。古代から問われる「私はだれか」という質問は、必然的に同じように重要な「私はだれのものか」という質問に至る。それは、関係がないところに自己は存在しないからだという。私たちはそのような自分についての問いかけをすべきで、たとえそれによってどのような結果を招こうが、できるだけ正直に答えなければいけない。そうすることによってのみ、私たちが所属すべきコミュニティーを見つけることができるのである。

私が生まれたときにまかれた真の自己という種について学べば学ぶほど、私が植えられた環境についても深く学ばされることが多い。それは、自らの責任と喜びをもって生きるように示されたコミュニティーにおける人間関係である。種と生態系、自己とコミュニティーの両方を理解してはじめて、私は隣人と自分自身の両方を愛せよという偉大な戒めを実践できるのだ。

闇に向かう旅路

ほとんどの人が自己と天職を意識するようになるのは、長く見知らぬ土地を旅した後のようだ。しかし、この旅は旅行会社が企画した安易な「パッケージツアー」とは全く異なるものだ。それは、昔の巡礼の旅のようなものかもしれない。困難と闇と危険が常につきまとう「聖なる中心へと向かう、自らを変える旅」である。

伝統的な巡礼の旅において、それらの困難はたまたま起こるものではなく、旅の一部としてみなされていた。危険な土地、悪天候、落下、遭難――私たちの手に負えそうもないそのような困難は、自分に対する錯覚を正して、真の自己が現れる機会をつくってくれる。もし、それができれば、その巡礼の旅の目標である聖なる中心を見つける可能性は高くなるだろう。旅や苦悩を経験することによって自分の錯覚から目をさますことができれば、聖なる中心は「今、ここにある」と気づくことができる。旅の一瞬一瞬において、私たちを取り巻く世界の中で、そして自分自身の心奥においても……。

しかし、光に満ちたその中心に来る前に、私たちは闇の中を旅しなければならない。物語の全体が闇ではない――すべての巡礼の旅には美しさや喜びの道がある――が、いつも語られずに終わってしまうのが、その闇の部分である。私たちがついに闇から抜け出し、フラフラな状態で光の中に入ったとしても、希望は決して衰えることがなかったと私たちは人に言いたいようだ。恐怖で震えながら過ごした長くて辛い夜の経験など、全くなかったことにして。

闇の経験は自分を理解する上できわめて重要で、その事実について正直に話すことは私が光に留まる助けにもつながる。しかし、私がそのことについて語りたい理由は、別にもある。いつの時代にも見られるように、多くの若者たちは闇の中を旅している。人生の先輩である私たちが自らの人生の闇の部分を隠すことは、彼らにとって仇となる行為だと思う。私が若かったとき、闇について進んで語ってくれる年配者はほとんどいなかった。彼らのほとんどは、成功しか経験しなかったという顔をしていた。二十代初めで闇を経験し始めた頃、私は自分だけが取り返しのつかない失敗を犯していると思った。それが、大人の仲間入りを果たす旅の始まりにすぎなかったとは思いもしなかったものだ。

私の人生の物語は、他の人に比べて特別なことは何もない。ただ、このテーマに関して一番いい情報源は自分自身であり、すべての人に当てはまらなくても、部分的に真理が見えるかもしれない。私の旅とその苦悩の中で、天職について知りえたことを取り上げながら詳しく話したいと思っている。私がそうする理由は、若い人たちに正直な話を聞かせてあげたい気持ちが一つと、さらに自分らしさや天職を知りたいと思っている人にとって、だれかの個人的な体験が手助けになることを知ってもらいたいからである。

闇に向かう私の旅は、日に照らされた場所で始まった。私はシカゴの郊外で育ち、ミネソタ州のカールトン・カレッジに行った。そこは、私が新しい顔を装うことができる絶好の場所だった。高校で私が装っていたものより自分自身に近い顔であったが、他人の顔であることに違いはなかった。私は大学卒業後、海軍や広告業界には進まず、他人の顔を装いながらニューヨーク市にあるユニオン神学校に行った。数年前までは広告業界や航空産業だったが、そのときは牧師の仕事に就くことが私の召命だと確信していた。

そのため、一年目の終わりに――並の成績という大きな屈辱を味わう形で――神が私に語られ、神の教会で牧師として任命されることは到底ありえないとわかったときは大変なショックだった。五〇年代に育った者らしく、常に権威に従順であるタイプだったので、私は神学校を去り、西のカリフォルニア大学バークレー校に向かった。そこで私は六〇年代のほとんどを社会学部の博士課程に席を置き、権威に対してそれほど従順にならないことを学んだ。

当然ながら、六〇年代のバークレーは驚くほど光と影が混ざり合った場所だった。しかし、現在では神話と化した当時の状況とは逆で、私たちのほとんどは影にではなく、光に引き寄せられていた。この時代特有の生涯続く希望やコミュニティー的なもの、社会変革への情熱などに。

大学院生のとき、教えることが好きでそれに向いていることを発見し、二年ほど教えていた時期もあったが、バークレーでの経験を通して、大学で教えることは私にとって責任回避のように思えた。代わりに、「都市の危機的問題」に携わるように召されていると私は感じていた。そのため、六〇年代の終わりにバークレーを去ったとき、――ひとりの友達は「どうして（象牙の塔から）俗世間に戻りたいのか」と私にくり返し尋ねた――私は学問的な世界からも去った。確かに、私は白馬（ある人は「お高くとまっている馬」とも言う）から降り、正義を振りかざして学問の世界の腐敗に憤りを感じ、真理という名の炎の剣を高くかざしていた。私はワシントンＤＣに移り、そこで教授ではなくコミュニティーのリーダーとなった。

そこで仕事から学んだことは、先に私が記した本のテーマになった。天職について私が学んだことは、いかに価値観が心に葛藤を生むかということだった。道徳上、都市が抱える問題に取り組むよう迫られていた一方、教えることが私の天職かもしれないという思いも募り、この二つの思いが私の内で葛藤していた。私の心は教えることを続けたいと願っていたが、私の倫理観、エゴで飾りたてられた倫理感は、都市を救うべきだと語っていた。私はこの二つの矛盾をどのように解くことができただろうか。
コミュニティーの仕事を二年ほど続けた後、経済的にも不安を感じ始めた頃、ジョージタウン大学が教授のポストを提供してきた。その職は、完全に白馬から降りるよう私に要求しなかった。「毎日、あなたをキャンパス内に閉じ込めようとは願っていません」と学部長は言った。「われわれの生徒がコミュニティーの仕事に関わるように助けてほしいのです。これは最小限の授業の数で終身在職権がとれるポジションで、委員会の仕事をする必要もありません。コミュニティーの仕事を続けて、われわれの生徒を外に連れ出してください。」

委員会に関わらなくてもいいという条件は、神からの贈り物のように思えたので、私はジョージタウンからの申し出を受け入れ、コミュニティーで大学生を組織する仕事を始めた。しかし、この契約内容の中に隠されていた、さらに大きな贈り物にもすぐに気がついた。教育というレンズを通して私のコミュニティーの仕事を別の角度から見たとき、私はコミュニティーのリーダーとして教師という仕事を続けていたことがわかった。私は、単に壁のない教室で教えていたに過ぎなかった。

実際、私は教えること以外できない人間であった。教えることとは、この世における私の存在理由だと徐々に理解し始めていた。たとえ私が牧師や会社の経営者、あるいは詩人や政治家になったとしても、私がすることといえば教えることだろう。教えることが私の天職の中心に位置し、私が果たすべきどのような役割の中でもそれが明らかになるだろう。ジョージタウン大学からの招待はこの事実を受け止め、生涯にわたる「学校から独立した形で行う教育」を追い求める私にとっての第一歩となった。

しかし、仕事の枠組みは新たにされても、常に混乱と向き合わなければならないその仕事は過度に繊細な私の性格には根本的に合っていなかった。五年間に及ぶ葛藤と競争によって、私は燃え尽きてしまった。コミュニティーのリーダーをするには、私はデリケートすぎた。仕事の内容が、私の能力を超えていた。私の動機が真の自己から出たものではなく、都市の問題に対して「こうすべき」という観念から出ていたからだ。自分の限界や可能性に対する理解が欠けていたため、自我や倫理感だけで突っ走り、私の魂が耐えることができない状況へと自分を追い込んでいた。

激しい非難に持ちこたえられるほどタフでない自分に私は失望し、恥じた。しかし、巡礼者が自らの探求の旅を全うしようと思うなら、自らの強さと同様に弱さによっても真理に導かれることを知らなければならない。もし、私が繊細すぎて燃え尽きなければ、コミユニティーのリーダーの職を離れざるをえなくなった理由を決して自覚することができなかっただろう。私は、自分自身がそれまで経験したことがなかった場所に人々を導こうとしていた。それは、コミュニティーと呼ばれる場所である。もし、コミュニティーの仕事を誠実にやり遂げたかったのなら、私がリーダーになる前にもっとコミュニティーの経験を積んでおくべきだった。

私は白人の中年男性であり、必ずしもコミュニティーのリーダーとしては最適な人物ではなかった。私のようなタイプの人間は相互依存ではなく、独立心を養うように育てられてきた。物事を成し遂げ、勝利するように訓練され、勝者に与えられる報酬が好きだ。しかし、私の内では何か競争ではなく、コミュニティー的な経験にあこがれていたのは確かだった。それは、燃え尽き症候群に陥らなければ気がつかなかっただろう。

そのため、私はワシントンでの仕事から一年間の研究休暇をとり、フィラデルフィアの郊外にあるペンドル・ヒルと呼ばれる場所に行った。一九三〇年に創設されたペンドル・ヒルは、七十名ほどの人が生活しながら学んでいるクエーカーのコミュニティーで、内面の旅と非暴力的な社会変革、そしてその二つのつながりを教えることを目的としていた。クエーカーの信仰と実践をモットーに、住居者は日々の共同生活を通して活動する。毎朝沈黙をもって礼拝し、日に三度の食事を共にする。さらに学びと肉体労働、意思決定や社会的な活動にも従事する。そこはコミューン、あるいは修行の場、修道院、禅道場、キブツ（イスラエルの集団農場）とも呼べるような場所であったが、どのようにそれを表現しようと、ペンドル・ヒルはそれまで私が全く経験したことのない生活の場であった。

そこに移り住むことは、火星に行くようなものだった。全く異質でありながら、人の心をつかんで離さない何かがあった。一年だけ滞在した後ワシントンに戻り、仕事を再開しようと私は考えていた。しかし、研究休暇が終わる前に、私はペンドル・ヒルの学部長になる招きを受けた。それから十年間、私は留まってコミュニティーに住み、従来の教育システムに取って代わるものの試みを続けた。

思い返せば、それは私にとって個人的にも仕事の上でも、さらに霊的にも変化を与える旅であった。あの経験がなければ、どれほど私という存在が不毛なものになっていたかと思う。しかし、その旅を始めた頃は、今後天職がほんとうに与えられるのかと強い不信感を抱き始めていた。ペンドル・ヒルに留まるよう示されていると感じていたが、同時にこの世の表舞台から足を踏み外して、職業的に消え去ってしまう危険すらあると恐れていた。

高校生のときから、私は将来人の上に立つリーダーになるだろうという周囲の期待を集めていた。二十九歳のとき、ある有名大学の学長がバークレーにいた私を訪ね、学校の理事に加わるよう依頼してきた。私を誘うのは六十歳以下の理事がいないからだと彼はジョークを言い、私はただひとりの三十代で、さらに理事会でひげをはやしていた者はだれ一人いないと、バークレーのお決まりでひげをはやしていた私に言った。それから、彼はこう付け加えた。「実は、なぜ私が勧誘するかというと、いつかあなたは大学の学長になる人だからです。私はそう確信しています。理事となる経験は、あなたにとって将来のよき準備となるでしょう。」私は、彼の誘いを受け入れた。彼の言っていることは正しいと、私自身も確信していたからだ。

それから六年後、ほとんどの人がオートミールのブランド名しか思いつかない風変わりな宗教団体（ちなみに、そのオートミールはクエーカーによって作られていない）が運営するペンドル・ヒルという人知れぬコミューンで、いったい私は何をしていただろう。

私が何をしていたか、教えよう。私はクラフトショップで、小学生のときに私が作った粘土の灰皿よりも重く、不格好なマグカップを作っていて、その奇怪な代物をプレゼントとして私の家族に送っていたのだ。今は亡き私の父はかつて陶磁器を扱う仕事をしていたのだが、そんな彼にコーヒーを入れるとほとんどダンベルと変わらないくらい重いマグカップを送っていたのだ。

「これがあなたのしたいことなら、どうして博士号を取ったのか。あなたの持っている機会や賜物を無駄にしていないか。」家族も友達も私にそう聞いてきたし、自分自身でも同じ問いをくり返していた。その点から言うと、私の天職の決断は無駄ばかりで馬鹿げていると感じた。それどころか、この世から消えてなくなることなど全く望んでおらず、成功して有名になりたいという願望でいっぱいの私にとって、それは恐怖であった。

私はほんとうにペンドル・ヒルに行くこと、あるいはそこに留まることを望んでいたのだろうか。そのようなことを望んでいたと、私には言えない。しかし、はっきりと言えることは、ペンドル・ヒルには私が避けては通れない何かがあった。

「なんてことだ。新しい生き方を学ぼうとしたけれど、自分自身を含むだれもが私のしていることを理解できない、こんな奇妙なところに行きたいとなぜ思ったのか」と、私の心奥に存在する声は言わない。天職に導くその声はこう語る。「私は、ここを避けて通ることができない。他の人に説明することができないし、自分でも十分理解できない。にもかかわらず、ここには私が抵抗しがたい何かがある。」

しかし、どのような動機があったにせよ、私の疑いは大きくなるばかりであった。ある日、森を通って近くの大学のキャンパスに向かって私は歩いていた。ただの散歩だったが、頭の中は不安でいっぱいだった。私は何気なく、大学の本部がある建物に入ってみた。そこのロビーには、過去の学長たちの厳格な肖像画がかけてあった。その中に、かつて別の大学の学長として、私を理事に勧誘するためバークレーまで来てくれた人がいた。私には、彼が失望の表情を浮かべて私を見下ろしているように見えた。「君はいったい、何をしているのか。なぜ、自分の時間を無駄にしているのか。手遅れになる前に、元の道に戻れ。」

その建物から森に向かって走り、長い間私は泣いた。おそらくこのときが、天職を求める私の旅で核となる闇の世界に真っ逆さまに落ちた瞬間であったと思う。どん底に転落し、うつ病で苦しんだ経験は後の章で述べる。人によって事情は異なると思うが、このうつ病の期間は私にとって学ばなければいけないことを多く学んだときだった。それは闇に行くことによってのみ、学ぶことができたと思う。

学問の世界を去った虚勢など、一瞬にしてすべてが崩れ落ち、私には恐れという現実だけが残された。大学の外に出たかったのは、そこが人間の住む場所としてふさわしくないからだと、かつて私は自分自身にも他人にも言っていた。そこは腐敗と高慢に満ちた場所であり、社会的責任を普通の人々になすりつけておきながら、自分たちは彼らより優れているかのように振る舞うインテリが住むところだと主張していた。

もし、このような文句をどこかで聞いたことがあるように感じるなら、それもそのはず、私もどこかで聞いたことを言っていたからだ。このような考え方は、六〇年代のバークレーの決まりの文句であって――今、私が理解している理由としては――私は必死になってそれが自分から出た言葉であるかのように振る舞いたかっただけであった。大学に対する不満の半分は真実だとしても、それらはおもに学問の世界を去った理由を紛らわせて、自分の都合のいいように解釈するためのものだった。

ほんとうのところ、私がそこから逃げた理由は怖かったからである。学者として成功しないのではないか、大学の水準に見合う研究や論文を発表することができないのではないかと恐れていたからである。そのことに関して、私は正しかった。自分自身でそれを認めることができるまでには長い年月がかかったが。どれほど努力して頑張ったとしても、すばらしい学者になるための賜物を私は持ち合わせていなかった。大学に留まることはその事実を曲解し、否定することになったであろう。

学者の仕事とは、人が集めた知識を積み上げ、それを正し、確認し、さらに広げることだ。しかし、私は常に先人が考えたことにあまり影響を受けずに、自分の考えを深めていきたいタイプだ。私が個人的に読んでいる本といえば、ほとんどが小説や詩集、ミステリー、あらゆるジャンルのエッセーなど、そのときに執筆しているものと直接関わりのないものばかりだ。

私のそのような傾向にも、いくつかの利点はあると思う。自分の考えを新鮮に保つことができ、多角的に人生を見るという刺激を私にもたらしてくれる。欠点もある。怠惰になりがちで、ある意味で我慢強さに欠ける。おそらく、同業者に対して締め切りを守らないことも、ここに含まれるだろう。

しかし、利点や欠点があったとしても、それらは私の特性である限界や賜物についての単なる事実にすぎない。自宅のガレージで何かを修理することより、他人の発見をさらに発展させていくことに私は向いていない。いきなり水に飛び込んで泳ぐことよりも、スムーズに別の話題に持っていくほうが苦手だ。次から次へとメタファーを挙げることより、しっかりとつながった論理を追うことのほうがむずかしい。

おそらくそこには複雑な要素、あるいは二面性が絡んでいる。天職を追い求める途上では、正しいことをするために誤った理由が必要になる場合がある。大学を去ることは、私にとって正しいことだった。しかし、「大学は腐敗している」という誤った理由が私には必要であった。なぜなら「学者になるための賜物が私にはない」という正しい理由を直視することを、当時の私は恐れていたからである。

学者として失敗することの恐れは、私を学問の世界から飛び出させるだけのエネルギーを持っており、別の種類の教育に携わるように私を解き放ってくれた。一方で、自分の恐れを認めることができなかったため、私はそのエネルギーを批判的でひとりよがりな白馬にすり替えなければいけなかった。それはみっともない事実だが、ほんとうだった。いったん自分でその事実を認めて、後に起こったことから事実関係を理解できるようになると、もはやそれは私にとって恥ではなくなった。

しだいに私はその白馬から降り、自分自身と私の欠点を食い入るように見つめることができるようになった。それは、私が避けようとしていた闇――自分が望んでいるよりさらに正直に自分自身を見つめるという闇――に至る第一段階であった。それにしても、私があの白馬から降りることを許してくれた恵みには感謝している。あのままあの白馬に乗っていれば、今日私がいるところには決して来ることができなかっただろう。今私はかつてあれほど恐れ、毛嫌いしていた学問の世界に愛をもって仕えているのだから。

今日私は、学校組織の外側から教育に携わっている。外側にいるほうが、私の「病気」が出る可能性が少ないからである。組織の内側にいると、私は希望に投資をするより、怒りに無駄なエネルギーを使ってしまう。長年かかってやっと、組織の上の人と衝突ばかりして、本来やるべき仕事ができないというこの病気に気がつくことができた。

私の問題が「これ」と「あれ」だといったんわかると、解決方法は明らかに思えた。それは、組織の外で独立して働くことだった。私の悪い条件反射を引き起こす刺激から離れる必要があった。十年余りただそのことを実践しただけで、私はもはやその病気に悩まされることがなくなった。どのような問題が起ころうと、自分以外のだれも責めることなく、私が召されている仕事にエネルギーを注げるようになった。

ここに、真の自己や天職を見つける別のヒントがあるように思う。私たちは、他人や状況に否定的な投影をすることをやめなければいけない。そのような投影は、おもに自分自身が抱えている恐れを隠すために行われる。私たちは自分の欠点や限界を認め、それらを受け止めなければいけない。

いったん自分の恐れと折り合いをつけると、私は過去をふり返り、無意識のうちにつくり上げていたパターンを見ることができた。長年にわたり、私はバークレーやジョージタウンなどの大きな組織を去り、ペンドル・ヒルをはじめ、社会的地位や存在感に乏しい小さな組織に移っていた。しかし、私はカニのように横歩きをしていた。主流派から非主流派へと流れて行った事実を真正面から見据えるのが恐ろしかったからである。さらに、最終的に残された場所といえば、完全に組織から離れた外部となった。

私はこの移動について、小さな組織は大きなところと比べて道徳意識が高いと言って正当化していた。しかし、これは私の動機や組織の面から見ても、明らかに真実ではない。実際私を動かしていたものは、一つの魂である「真の自己」であった。真の自己は私の自我より私のことを知っていたし、私が組織的な拘束や争いなどを離れて働く必要があることを知っていた。

私は、組織を批判してこのようなことを書いているのではない。ただ自分の能力の限界を書いているだけである。私が尊敬する友人の中には、私のような欠点を持っていない人がいる。彼らは賜物を用いて組織の中で、また組織を通してこの世のために忠実に仕えることができる。しかし、私は彼らの賜物を持っていない。辛く痛みの伴う経験を経て、私はそのことを学んだ。私は、自分を卑下してこう書いているのではない。ただ私がどのような者で、どうすればこの世や真の天職を目指す環境と正しい関係を持つことができるのかについて真実を述べているにすぎない。

自分らしさと社会貢献

天職を探求する中で経験した疑いやうつ病を通して、私は少なくとも一つのことを学んだ。自分自身を大切にすることは、決して利己的な行為ではないということだ。それは私が持っている唯一の賜物であり、この世で他の人に与えることができる賜物をよりよく管理することにほかならない。私たちは常に真の自己に耳を傾けて必要なケアを与えることは、自分のためだけではなく、まわりの多くの人々のためでもある。

自分らしさと社会貢献を理解するためには、少なくとも二つの方法がある。一つは次の詩人ルミの鋭い指摘によって表されている。「もし、あなたがここで私たちに嘘をついているのなら、私たちにひどいダメージを与えていることになる。」もし、私たちが真の自己に嘘をついているなら、他人にその代償を払わせることになるだろう。私たちは守れない約束をし、すぐに壊れてしまう家を造り、夢みたいな話を持ちかけては他の人に迷惑をかける。もし、私たちが真の自己に嘘をついていると、すべてそのような結果に終わる。

自己に対する嘘とそれに伴う結果については、この本の後半で詳しく取り上げている。一方、さらに啓発的なもう一つの方法とは、真実な生き方をした人々から学ぶことである。例えば、東ヨーロッパ、ラテンアメリカ、南アフリカ、世界中の女性たちやアメリカに住む黒人たち、同性愛者たちの間で見られる解放運動は人類に大いなる貢献をもたらした。目に見える変化は単純なようでも、よく見過ごされている事実がある。それは私たち個人や私たちの関係、世界に変革を与えた運動は、真の自己に嘘をつかないと決断した人々から生み出されたという事実である。

この世で生きていくためには、ほんとうの自分を否定するよう強いられる状況がよくある。もし、あなたが貧しいのなら、半分かそれ以下のパンでも喜んで受け入れるべきだ。もし、あなたが黒人なら、異議を唱えることなく人種差別に耐えるべきだ。もし、あなたがゲイであるなら、ゲイでないように振る舞うべきだ——。そのような状況においては、だれもが少なくとも簡単にほんとうの自分に覆いをかぶせてしまうだろう。それに従わなければ罰を受ける、と社会が脅しているからだ。

しかし、そのような脅しにもかかわらず、あるいはそのような脅しがあったために、解放運動の種をまいた人々は重大な決断を下した。「これ以上（自己の）分断を許さない」

生き方を決断したのだ。彼らはこれ以上、内面に深く抱える真実に矛盾する行動をしないと決めたのだ。それはほんとうの自分を主張し、行動に表す決断である。そして、彼らの決断が波紋を投じて社会を変え、何百万人もの自己矛盾に苦しむ同様の人々をも救ったのだ。

私は、これを「ローザ・パークスの決断」と呼ぶ。この驚くべき女性こそが、分断を許さない生き方の意味を象徴しているからだ。ほとんどの人は、彼女の話を知っている。その決断をしたとき、アフリカ系アメリカ人の彼女は四十代の前半で縫製の仕事をしていた。一九五五年十二月一日、アラバマ州のモンゴメリーでローザ・パークスはしてはいけないことをした。彼女は、白人しか座ることが許されていないバスの前方座席の一つに座ったのだ。人種差別のある社会では、大胆にして危険極まりない挑発的行為であった。

伝説によると、何年か後ある大学院生がローザ・パークスのもとにやって来て、こう尋ねたという。「なぜ、あなたはその日バスの前方座席に座ったのですか。」ローザ・パークスは、解放運動を始めるために座ったのではないと言った。彼女の動機は、もっと自然なものだった。「私が座ったのは、疲れたからよ」と彼女は言った。しかし、それは彼女の足が疲れていたという意味ではなかった。彼女の魂が疲れたからだという。彼女の心が、彼女の存在すべてが人種差別的ルールによってもてあそばれ、彼女の魂がほんとうの自分を否定することに疲れを感じていたのだった。

言うまでもなく、分断を許さないローザ・パークスの決断を支持し、助ける多くの団体が現れた。マーティン・ルーサー・キング・ジュニアも学んだというハイランダー・フォーク学校で、彼女は非暴力の論理とその戦略を学んだこともあった。彼女は、非暴力的不服従を主張していた全米黒人地位向上協会のモンゴメリー支部で秘書もしていた。

しかし、十二月のその日、彼女がバスの前方座席に座った瞬間は、非暴力の論理が適用される保証も、彼女のコミュニティーが援護してくれる保証もなかった。それは、自己のあり方が問われる真実の瞬間だった。ほんとうの自分を主張し、生まれながら与えられている賜物を取り戻す瞬間であり、さらに一般市民の生活や国の法律が変えられる口火が切られた瞬間であった。

これ以上真の自己に目を背けることができなくなって、ローザ・パークスは座った。社会の様式を変えようとしてではなく、本来の自分の姿でこの世を生きようとして。「私の内側で抱いている真実に矛盾するような行為を外側で行うのは、もうやめることにしよう。心の中ではひとりの完全な人間であると知っているのに、欠けたところのある劣った者のように行動するのはやめにしよう」と彼女は決断したのだった。

分断を許さない生き方を決断すれば、罰せられることがわかっていながら、あえて「バスの前方座席に座る」という勇気はいったいどこから来たのだろう。結局のところ、常識的な考え方では自己が分断している生き方のほうが安全で、まともな判断だ。「自分の思っていることを素直に外に表すものじゃない。」「万事、目立たないほうが身のためだ。」「我が身を守るためにも、他人にあまり近づくものではない。」これらはすべて、個人的なことを公にしないほうがいいとする言い古された言葉だ。厳しい世間の荒波で自分の身に危険を招かないためにも。

自分が罰せられるとわかっていながら、どうやって人は分断を許さない勇気を得るのだろう。ローザ・パークスのような人々の生き方から私が見いだした答えは、シンプルだ。彼らは、罰そのものの見方を変えてしまったのだ。それが自己のあり方を傷つけると知りながら、自らその罰を課すことに比べたら、他人から罰せられるほうがよっぽどマシだと彼らは理解するに至ったのだった。

ローザ・パークスの話の中で、この考え方がはっきりと表されている。彼女がバスの前方座席に座ってしばらくたった後、警察官が乗り込んで来て言った。「あのね、もし、あなたがそこに座り続けていると、私たちはあなたを刑務所にぶち込むことになるんだよ。」ローザ・パークスは答えた。「どうぞ、そうしてください。」この言葉は、とても丁寧にこう言ったのと同じだ。「四十年間自らを刑務所に閉じ込めてきた苦しみに比べれば、石や鉄でできた刑務所が私にとってどんな意味を持っているでしょう。人種差別的制度に従うことをやめて、ようやく今私は自らを閉じ込めてきた刑務所から解放されたのよ。」

真の自己を求めて与えられる罰は、それを求めずに自ら課す罰よりひどいはずがない。その逆も、また真実だ。自分の持つ一番の輝きによって生きることから得られる褒美は、人から与えられる褒美とは比べようもないほどすばらしい。

あなたも私も、ローザ・パークスが抱えていたような人種差別との戦いを経験していないかもしれない。彼女の話から得られる普遍的な要素は、彼女の戦いそのものではなく、彼女が戦うために取った自己の姿勢にある。私たちもそれぞれ、真の自己を選び、主張する困難と希望を抱えているからである。

一方、もし、自らの召命を知るためにローザ・パークスの話を自分自身に適用したいのなら、私たちは彼女を普通の人として見なければいけない。私たちはすでに彼女を特別な女性にしてしまっているので、それはむずかしいかもしれない。私たちが彼女を特別視するのは、自分の身を守るためにほかならない。もし、ローザ・パークスをふれることができないアイコンとして博物館に閉じ込めるなら、私たちの生き方もふれられることがない。永遠に彼女の生き方から何の影響も受けないようにするため、私たちは彼女を高いところに掲げて、誉め称えるのだ。

私の人生は博物館のガラスケースに展示される危険性がないので、私が一番よく知っている私自身の話に戻ろうと思う。ローザ・パークスと違い、私は自分にとって大切な組織に変革をもたらすような劇的な行動をとったことが一度たりとてない。その代わり、私は逃げるような形でそれらの組織を去ろうとした。それも、自分でも認めたくないカニ歩きのように横を向いた状態で。

しかし、私が天職を探る中で、あるおかしなことが起こった。怒りと恐れをもって教育の現場を去ってから二十五年後の今日、私の仕事は教育的な組織の再生に深く関わっている。それは、真の自己が私の特性と必要を尊重するようにと、足をばたつかせて泣きわめいている私をむりやり引っ張って行ったからこそ可能になったと私は信じている。そのおかげで私は、人生で自分がいるべき場所と、長年恋人と仲違いをしていたような関係だった組織との正しい関係を見つけることができた。もし、恐れで動けない状態のまま自分の砦に留まり、真の自己を否定していたら、現在私は心から信じる理想を追い求める代わりに、間違いなく苦悩を抱えながら途方に暮れていただろう。

ローザ・パークスは、勇敢にも彼女の立場を貫いた。私は、回り道と放棄をくり返しながら今に至った。ある道はまっすぐで、別の道は曲がりくねり、ある者は勇敢で、別の者は恐れと混乱に満ちている。しかし、すべての旅は最後まで遂行さえすれば、自分の深い喜びとこの世の必要が出合う場所に私たちを連れて行ってくれるものだ。

メイ・サートンが教えるように、真の自己に向かう巡礼の旅は「長い年月とさまざまな場所」を必要とする。この世は、自分自身のためだけではなく、社会的・政治的行動を取るためにも、忍耐と情熱を持って巡礼の旅をする人を求めている。この世はいまだ、私たちを自由にする真理を待っている。それは私の真理、あなたの真理、私たちの真理であり、私たち一人ひとりが神の御姿をとってこの世に来たときにこの地にまかれた真理である。その真理を耕すことが、すべての人間にとって真の召命だと私は信じている。

第三章　道が閉ざされたとき

道は開かれる

ペンドル・ヒルでの研究休暇――その期間は十年間にも及んだ――が始まるまで、私はワシントンＤＣに五年間住んでいた。自分の人生を生きていないという恐れは、日増しに強くなる一方だった。私は三十五歳ですでに博士号を取得し、私を推薦してくれる人もいたので、時と場所さえ選ばなければ、新しい仕事を捜すことはさほど困難ではなかった。しかし、私は仕事以上のものを求めていた。私の内面と外面の生活が一致する仕事がほしかったのだ。

ワシントンでは、コミュニティーのリーダーと教授という、いわば活動家兼知識人として働いていたが、そのどちらの世界でも居心地がよくなかった。もし、「できる人は行い、できない人は教える」という言葉にあなたが納得するなら（当時、失意の泥沼でもがいていたので、自分でも半分そう思っていた節がある）、天職を得る望みは尽き果てたように私が感じていたのもわかってもらえるかもしれない。

もし、私にとって新しい方向性を見いだせる場所があるとしたら、それはペンドル・ヒルだと思っていた。そこは祈りと学び、人間の可能性を求めるビジョンに根ざしたコミュニティーであった。しかし、私がそこに到着して天職の問題について話し始めると、人々は決まりきったクエーカー的助言で応答し、たとえそれが善意から出た言葉だとわかっていても、さらに私を失望させた。彼らは口々にこう言った。「信仰を持てば、道は開かれる。」

「私には信仰がある」と心の中で思っていた。「私にないのは、『道』が開かれるのを待つ時間だ。超光速の早さで私は中年の域にさしかかっているのに、これだと感じる天職の道をまだ見つけていない。これまでに開かれたものは、まちがった道だった。」

不満が募るだけの日々が数か月ほど続いた後、思慮深くて率直な人として知られていた年配の女性に私は自分の問題をぶつけてみた。「ルツ、人々は私に『道は開かれる』とか言ってくれない。それで、私は静まって祈り、私の召命を聴こうとしても、道は開かれない。長い間、私の天職を求めてきたけれど、いったい自分が何をすべきなのか漠然としたアイデアさえ浮かばない。他の人には道が開かれるかもしれないけれど、私のためには開かれるかどうか確信が持てないんだ。」

ルツの返事は、クエーカーとしてお手本のようなストレートなものだった。「私は、生まれたときに神によって与えられたあなたの友です」と彼女は暗い顔をして言った。「六十を過ぎた今も、私の前で道が開かれたことはありません。」それから、彼女は少し間を置いた。私は失意の底に沈み始めていた。賢者と言われるこの女性は、神の導きに関するクエーカーの教えは嘘だと私に言っているのだろうか。

しばらくして、彼女は再び口を開いた。今度は笑顔を見せながらこう言った。「でも、多くの道は私の背後で閉ざされたわ。それが、導きと同じ結果をもたらしてくれました。」

私は彼女と一緒に笑った。声をあげて長い間笑った。それは単純な真理が腑に落ちて、それまで真剣に考えていたことがバカらしく思えたような笑いだった。ルツの率直さは、天職を見つける新しい方法を私に示してくれた。その日彼女が教えてくれた教訓は、長い私の経験の中でも裏づけられた。人生で起こらなかったことや起こり得なかったことからは、実際起こったことと同じくらい（あるいは、それ以上に）多くの導きを得ることができるのである。

多くの中産階級のアメリカ人、特に白人男性の多くがそうであるように、私は努力さえ惜しまなければ求めることは何でもでき、なりたい者になれると教える文化の中で育った。そのメッセージは、もし、私が努力することさえ惜しまなければ、宇宙にも私にも限界など存在しないというものだ。神は万事をそのようにお造りになったので、私がすべきことはそれを実行することだ、と。

当然、自分の限界にぶつかり、特に失敗という形で自らの限界が示されると、問題が生じる。私はいまだに、バークレーで大学院を始める前の夏に経験した恥ずかしい思いを鮮明におぼえている。それは、生まれて初めて経験した厳しい天罰のようだった。私は、社会学の研究助手の仕事をクビになったのだ。

小学校、高校、大学を通してずっと優等生だった私は、この突然の運命の転機に挫折してしまった。夏の間の収入源を失っただけでなく、大学院での成功が危ぶまれた。バークレーで私を教える教授は、私がクビになったプロジェクトの部長だった。私のアイデンティティーや宇宙の概念が生まれて初めて（しかし、これが最後ではなかったが）、私の足下に崩れ去ってしまった。際限なき世界の際限なき私は、いったいどこへ行ってしまったのだろう。

私がこれまで培った思考法で、クビになった理由を考えてみた。仕事で成功するための努力は言うに及ばず、仕事を続けさせてもらうだけの十分な努力さえ私は怠っていた。残念ながら、それは事実であった。もう一人の研究助手と私は、取り組んでいたプロジェクトについて無礼な冗談を（明らかに）人に聞こえるほど大きな声で頻繁に言っていた。おそらく、IBMの数字分類カードにデータを打ち込む際に私たちがあまりにも怠けていたので、指導教官が機嫌を損ねてしまったのだ。

仕事のことで冗談を飛ばす以前に、このプロジェクト自体が冗談みたいなものだと、同僚と私は若者特有な発想で自分たちの行動を正当化していた。三十年後の今日、私の心の内なる若者は——思慮には欠けるが、悪名高い「インナー・チャイルド（内なる子ども）」より執拗なところがある——私たちの意見は正しかったのかもしれないという思いをまだ捨て切れていない。このひねくれた論理にどんな価値があるかわからないが、その仕事を任されるほど私は一生懸命働かなかったのは事実だ。クビになって当然だった。

自分の限界を学ぶ

一方、もし私が「私の背後で閉ざされた道」の意味を知らなかったとすれば、その真理を深く追求することはなかっただろう。私がクビになったのは、その仕事が私という人間や私の特性や賜物、関心とほとんど、あるいは何の関わりもなかったからだ。若者的な反抗的態度が、その単純な事実を表していた。

遅ればせながら、自分の未熟さと指導教官を悲しませたこと、また資料に支障を来したかもしれないことを謝りたい。それらは何一つ、ほめられたものではない。しかし、私は平静を保とうとして笑っていた。おそらく、私が行っていた研究は優秀な社会学者なら「行うべき」ものであっただろうが、私にとっては意味のないものに思え、不正をしているような気持ちになった。それらの感情はこれから起こることの前触れとなり、後に私がこの分野を去ることにもつながった。

明らかに、私はもっと直接自分の気持ちと向き合い、自制心を働かせるべきだった。自らその仕事を辞めるか、腰を据えてちゃんと仕事をこなすかのどちらかにすべきだった。しかし、魂の木目に逆らうような生き方をしていると、「すべきこと」ができないときがある。その当時、私は魂の木目がどちらの方向に流れていて、どちらが逆目でどちらが順目かさえ見当がつかなかった。何が自分を動かしているのかもわからず、盲目的だが、この上なく幸せな無意識の状態で私は行動していた。そして、現実は自分を知るための受け入れがたいヒントを私に与えた。私の背後で道が閉ざされた——。

その仕事も、それと似たような仕事も、私が持って生まれた性質を考慮すると、私の天職にはなれそうもなかった。そう言うと、罪深い運命論か、利己的な言い訳に聞こえるかもしれない。しかし、それは天職について単純でありながらも健全で、いのちを与えるような真理を表していると私は信じている。私たち一人ひとりは、特性を持って生まれてくる。つまり、限界と可能性だ。限界や可能性を経験することによって、私たちは自分の特性について学ぶことができる。それが、ルツや私の人生が教えようとしたことだと思う。

仕事をクビになるような恥ずかしい形ではなく、自分の限界を知るほうが理想的だ。しかし、私のように自分の限界を認める心の準備ができていない人なら、恥をかくのが唯一それに気づく方法かもしれない。私の場合、八方ふさがりになったり、脱線したり、完全な失敗に終わってから、初めて自分の限界に注意を向けるようになる。それから、ようやく自分の特性を直視して、賜物と限界の両方を用いることができるか吟味し始めるのだ。

二つの異なった限界を見分けることは、重要である。一つは自分に原因があるものと、もう一つは他の人や政治的な力が原因となって、何とかして私たちを「その場」に押し留めようとするものだ。クビになった原因は、すべて恵み深い神が天職を知るためにお与えになったものだと私は言っているのではない。解雇の原因は、時におかしな上司や社風であったり、あるいは現状を脅かすような真実を語る人を排除するのが目的の場合もある。貧しい人の仕事を奪って、金持ちがさらに金持ちになる経済的仕組みが原因である場合もある。霊的なことも同様に、閉ざされた道から導きを得るには、思慮深い判断が必要とされる。

アメリカ人としての私たちの問題は――少なくとも私が属する人種と性別では――限界について考えることさえ抵抗がある点だ。それは、一時的なものから、残念ながら一生涯背負うことになる、あらゆる限界に関する抵抗感だ。限りなく限界に挑戦することが、私たちの国民的神話となっている。西部の開拓を広め、音速を破り、月面に人を降ろし、今で言うなら、サイバースペースの発見もそれにあたる。アナログ的スペースは身動きできないほどゴミでいっぱいになったので、コンピュータ上にスペースを造り出したのだ。私たちは、できないと答えることを拒絶する。

私の中にも、この希望に満ちたアメリカ的な遺産を大切にしている面がある。しかし、常にできないことを否定すると、道が閉ざされたときに明らかにされるアイデンティティーの重要なヒントを見逃してしまう。その上、自分の限界を超えてしまい、その結果人に迷惑をかける可能性も大いにある。

数年前、私はある会議に出席した際「回復中の社会学者」として紹介されたことがある。その言葉は良い意味での笑いを誘ったが、同時に大学院を始める前の夏の屈辱的な失敗を私に思い出させた。私の魂は、社会学が自分の本質と合わないという事実から回復する必要があった。しかし、その前に、私の自我はその恥に対処する必要があった。大学院を修了した後わずかな期間であったが、社会学の教授として成功できることを証明する必要があった。その道は直ちに私を失望へと導いてしまったが。

その失望感がジョージタウン大学で社会学を教えていた私をペンドル・ヒルに向かわせたが、それは真の自己からの招きに応答した結果だ。もし、その失望感に従わず、また私がそれを理解できるようにルツが助けてくれなければ、私は自分がやるべきではない仕事を続けていただろう。そうすることによって、私自身だけでなく、一緒に働いていた同僚やプロジェクト、その仕事そのものにも危害を加えていただろう。その仕事は、それをするために召されている人々によってなされるべきだ。

人生の生態系

アメリカ的な神話が好きだったにもかかわらず、私は自分が望むような人になることも、望むような行動を起こすこともできないでいた。それは明らかだったが、何とも受け入れがたい事実であった。私たちがつくり上げた社会は、私たち人間を生態系の中に存在する有機体の一部のようにする。つまり、私たちが成長し繁栄する役割や関係がある一方、私たちが枯れて衰退していく役割や関係もある。

たとえば、この年になると、私がアメリカの大統領にはなれないことも、ならないことも明らかだ。たとえ、そのような高い地位に就く可能性をだれもが（「白人男性」という意味）持っている環境で育ったとしても。この限界に関して、私は悲観していない。私のような性格の者が、独立国家は言うに及ばず、何らかの組織のトップに君臨することほど悲惨な運命を想像することができないからだ。にもかかわらず、限界などないという神話におだてられ、私は長年この生態系的な真実を否定しようと試みていた。次の話が、そのいい例だ。

ペンドル・ヒルの学部長として在職中、小さな大学の学長になる機会が与えられたことがあった。私はキャンパスを訪れ、理事や事務職員、教授や生徒たちとも話をした。もし、私が望むなら、その職はほぼ確実に私のものだと言われた。

天職のことで頭を悩ませていたところだったので、これは私のための仕事だとほぼ確信していた。そのため、クエーカーのコミュニティーでは習慣となっていた、六人ほどの信頼できる友人たちから成る「クリアネス・コミティー」（判断を明確にするための委員会）を招集して、私は天職を判断する助けを依頼した。その委員会で、委員たちはアドバイスを与えてはいけないが、三時間ほど自由で正直な質問をすることによって、依頼者が自身の内側にある真実を発見するよう助ける役割をする。（ふり返ってみると、このグループを集めた真の意図は判断を求めるためのものではなく、内心すでに受諾すると決めていたその仕事のオファーがあったことを自慢したかっただけであった。）

しばらくの間、簡単な質問が続いた。少なくとも、私のように夢見るタイプの人間にとっては。この組織における、あなたのビジョンは何ですか。より広範囲な地域社会に対して、その組織が持つ使命とはどのようなものですか。カリキュラムをどのように変えるつもりですか。意思決定をどのように行いますか。意見が対立した場合は、どのように対処しますか——。

半分ほどの時間が経過したとき、初めは簡単に聞こえたものの、後に面倒なことになる質問をある人が投げかけてきた。「学長として、あなたが最も好きなことは何ですか。」

質問そのものが単純だったため、頭の緊張がとれて私は心の中で考え出した。応答するまでに、少なくとも一分くらいあれこれ迷ったのをおぼえている。それから、とても小さな声でためらいがちに私は口を開いた。「そうですね、執筆活動や教えることを辞めなければいけないことは好きではありません。……学内で政治的な駆け引きをしたり、ほんとうの友がだれだかわからなくなるのも好きではありません。……ただお金持ちという理由から、尊敬もしていない人によくしなければいけないことも好きではありません。……」

その質問をした人は丁寧な口調だったが、きっぱりと私をさえぎって言った。「私が質問しているのは、あなたが最も好きなことです。」

私はイライラしながら答えた。「そう、そうでしたね。その答えを考えているところです。」それから、また私はうっとうしくも正直な退屈話を延々と続けた。「夏休みをあきらめなければいけないのは、イヤですねえ……いつもスーツにネクタイを着用しなければいけないのも、好きではないですし……私が気に入らないのは……。」

再び、同じ質問者が元の質問に戻るよう促した。さすがに今回は、私が持っていた唯一正直な答えを言わなければいけないように感じた。それは、私の心の奥底から出た答えであり、声に出したとき、自分でも驚くような答えだった。

「そうですね」と、消え入るような小さな声で私は言った。「私が一番好きなことは、新聞に私の写真が載って、その下に『学長』という肩書があることだと思います。」

私と席を共にしていたのは、信仰経験豊かなクエーカーたちだった。私の答えはばかげたものであったが、彼らは明らかに私の魂が危機に瀕していると感じ取ったため、笑うどころか、長く、深刻な沈黙に陥ってしまった。その沈黙は、私に冷や汗と心のうめきだけをもたらした。

しばらくして、その質問者が沈黙を破る一つの質問をした。それは、そこにいたすべての人を爆笑の渦に包むような、また私を解放してくれるような質問だった。「パーカー、もっと簡単な方法であなたの写真が新聞に載る方法を考えつきませんか。」

そのときはっきりわかったのは、学長になりたいという願いは私の生き方云々というより、私のエゴだということだ。それがあまりにも明白だったので、委員会が終わったとき、私は学校に電話を入れて、候補から私の名前をはずしてもらうようお願いした。もし、私がその仕事を受諾していたら、私にとっても悲惨な結果で、学校にとっては大惨事となっていたであろう。

人生の生態系的原則や限界の原則は、このような状況でよく表される。私の性格は、組織のリーダーには合っていない。ゆえに、——もし、私が理解している自分自身に正直であるなら——私にとって死よりも最悪な運命を避けるためなら、私は死を選ぶだろう。

一方、私が望むことが新聞に自分の写真を載せることではなく、人々の必要を満たすことである場合、限界の原則はどのように働くだろうか。私の天職の動機がエゴではなく、徳に満ちたものなら、この原則はどう適用されるだろう。教えることが上手な教師、自己発見を助けるカウンセラー、あるいは不正を正す活動家を目指す場合なら、どうだろう。残念ながら、限界の原則は、私が学長になりたかったときと同様にそれらの場合にも明確に表される。私が「すべき」ことをし、あるいは単に私の手に届かない人になるべきだという考え方が、そこには存在するからだ。

私が努力を重ねて、自分の本質とかけ離れているような立派な人になったり、崇高なことをしようとすると、人の目から見ると私はよく見えるかもしれないし、私自身もしばらくの間は自分のことをよく思えるかもしれない。しかし、自分の限界を超えてやっていることは、しだいにその結果に現れる。自分自身を、他の人を、人との関係を私はゆがめてしまうだろう。私がその「良い」ことを始める前より、さらに悪い状態になる可能性すらある。私の特性ではない何か、あるいは自然な関係ではない何かをしようとすると、私の背後で道は閉ざされるだろう。

私が言わんとすることの例を一つ挙げてみよう。長年にわたり私のもとには、愛される必要があるという、とても人間らしい要求を持ってやって来る人たちがいた。「何々すべき」という発想から、長い間私はいつも反射的にこう応答していた。「愛される必要があることは、当然です。すべての人がそうです。そして、私はあなたを愛しています。」

すべての人にとって愛される必要があることに変わりはないが、それを求めるすべての人に私が与えることはできないと理解するには長い時間がかかった。私が愛することができる関係もあれば、できない関係もある。愛するふりをすることや私にはできないと約束を破ることは、愛を必要とする人と私の両方の人格を傷つけることになる。すべて、愛という名のもとに。

崇高という名のもとに人が持つ特性を侵害している例が、ほかにもある。それは、偽りの愛よりも大きな危険を伴う。何年も前に、ドロシー・デイの演説を聞きに行ったことがある。彼女はカトリック労働者運動の創設者であり、ニューヨークの南東部で貧しい人たちと共に生活する活動（ただ彼らに奉仕するだけでなく、同じ状況で暮らしていた）を長年続けた人で、彼女は私にとって英雄のひとりであった。そのため、演説の最中に彼女が

「感謝の心がない貧しい人」という言葉をくり返したときは大変なショックだった。なぜ、聖女の口からそのような否定的な言葉が出るのか私には理解できなかった。その謎を解くようなドロシー・デイの衝撃的な言葉を聞くまでは。「貧しい人たちから感謝され、いい気分になるために施しをしてはいけません。そのようなことをすると、あなたの施しは乏しく、一時的なものになってしまいます。そのようなものを貧しい人たちは必要としていません。かえって彼らを貧しくするだけです。あなたが与えなければいけないと思う物だけ、与えなさい。与えることそのものが報酬である人だけが与えなさい。」

私が持っていないものを与えるとき、偽物で危険な賜物を与えることになる。それは愛のように見えても、実際には愛のない賜物である。世話を受ける人のためというより、自分が認められるための賜物である。そのような行為は愛がないだけでなく、信仰もない。なぜなら、それは私以外の人を通して神はほかの人を愛することができないという、傲慢で誤った考えに基づくものだからだ。確かに、私たちはコミュニティーのために造られ、存在し、その中で互いに愛し合うことを学ぶ。一方、コミュニティーには善し悪しの両面がある。自分の愛に限界を感じるようになったら、今度は別の人が自分に代わって世話をしてくれると信頼できるところにコミュニティーの意味がある。

崇高という名のもとに自分の特性を侵している一つのサインは、燃え尽き症候群と呼ばれるものである。通常、燃え尽き症候群は与えすぎることによる結果だと言われるが、私の経験から言わせてもらうと、持っていないものを与えようとした結果だと思う。それは、究極的に何も与えられない状態をさす。燃え尽き症候群は確かに空っぽの状態だが、それは持っているものすべてを与えたからではない。初めの与えようとした段階から、何も持っていなかったことを示しているにすぎない。

メイ・サートンは「ようやく今、ほんとうの私になる」という詩の中で、自然界のイメージを使ってさまざまな与え方を表現している。異なる存在のあり方、燃え尽き症候群に陥ることなく、あり余る豊かさに基づいた与え方である。

果樹が熟するようにゆっくりと
多くの実を結び、枝から離され、常に与える。
実を落としても、根は疲れることがない。……

私が与える賜物が自分の特性の重要な部分である場合、つまりそれが私の内にあるいのちの実体から来ている場合、それを与えても、それ自体に再生能力がある。私の内で育たないものを与えた場合のみ、自分を枯渇させ、他の人にも害を加えてしまう。なぜなら、与えるよう強いられたもの、いのちがなく、実在しない賜物からは有害なものしか現れないからだ。

現実の神

私が知る神は、理想を追うような抽象的な規則に従うよう求めてはおられない。神が私たちに求めておられるのは、私たちが創造された特性、つまり私たちの可能性とともに限界を尊重することだけだ。それができないとき、現実が現されて――神が現されて――私たちの背後で道が閉ざされる。

以前教会で教えられ、今でも時々私が耳にする神は、人々の行いを道徳的基準で判断する気むずかしい教師のようだ。しかし、私が知る神は道徳というよりも現実の源であり、「こうあるべき」でなく、「こうある」の源である。これは、神が道徳と無関係という意味ではない。道徳とその必然性は、神がお与えになった現実の構造に組み込まれている。道徳の規準は私たちの手に届かないところにあるわけでもなければ、その必然性はいつか現れるものでもない。それらは今、私たちのただ中に存在し、自分や他の人の特性、この世の本質を私たちが尊重するか、あるいは背くかを見守っている。

私たちの特性である可能性と限界を知って生きようとすると、道徳的な規制を大いに受けることになる。ジョン・ミドルトン・ムーリーは、従来の義の概念に疑問を投げかける言葉でこの真理を表現している。「義人が正しくあるより、健全でありたいと願うことは、これまでの真面目さが見せかけにすぎないことに比べると、困難な狭き道に入るようなものである。」

私が知る神は、物事の本質のまさに根本部分に静かに座しておられる。それが、モーセが神に名前を尋ねたとき「わたしは『わたしはある』という者である」（出エジプト記三・一四）と答えられた神だ。この神の答えは道徳的規則とはほとんど関係のないものだったが、モーセが神を永遠の「存在そのもの」としてではなく、道徳的規則で有名にしてしまったのは皮肉なことだ。もし、私が信じるように、私たちはみな神の御姿に造られたのなら、私はだれかと聞かれたとき、同様に「私は私という者である」（I Am who I Am）と答えることができるだろう。ある人は自分の特性に忠実に、神と共に生きる。ある人は自分ではない何かになろうとして、神を否定する。現実は――自己の現実も含めて――神聖なものであり、否定するのではなく、尊ぶべきものだ。

この神学的な話が抽象的になりすぎないように、人の特性を重んじることが実際どのように道徳的な助けになるか、一つの例を挙げてみよう。私は、教師のためのワークショップを開くことがある。ある時点で、最近授業中に遭遇した二つの異なる経験について彼らに短く書き記してもらうようにしている。一つはうまくいった時のことで、自分は生まれながらの教師だと思った経験。もう一つは、あまりうまくいかなかった時のことで、自分なんか生まれてこなければよかったと落胆した経験を書いてもらう。

次に小さなグループに分かれて、それら二つのケースを通して自分の特性について学ぶ。初めに、うまくいった時のことから、彼らが持っている賜物をできるだけ多く互いに認識できるようにしてもらう。それは、私たちの賜物が現実の状況下で用いられていることを知る肯定的な体験である。多くの場合、私たちがそのことを認識するには他の人の目が必要になる。私たちが持っている最もすばらしい賜物は、自分ではほとんど気づいていないことが多い。それらの賜物は神が私たちにお与えになった特性の一部であり、私たちがこの世で最初の息をした瞬間から所有しているため、息をするのと同じくらい、それを持っていることすら気づいていないのだ。

それが終わってから、二番目のケースに移る。初めのケースで賞賛の言葉を浴びた後、今度は分析や批評、まちがいを指摘される番だと人々は予想する。「あなたの状況に遭遇していたら、私ならこうしていました」、あるいは「次にそのような状況に遭ったら、このようにしたらどうでしょうか」と言われることを想像しがちだ。しかし、私はそのようなアプローチをしないよう参加者に求めている。そうする代わりに、限界や短所が私たちの賜物の裏側にあたり、ある短所はある長所のトレードオフ（見返り）として避けることができないことを互いに理解できるようにしてもらう。魂に空いた穴を埋めることによってではなく、その穴をよく知り、そこに落ちないようにすることによって、私たちはよりよい教師になるのである。

私の教師としての賜物は、生徒たちと「ダンスする」能力、つまり会話や互いに影響を与え合うことを通して教え、共に学ぶことだ。生徒たちが私と喜んでダンスするとき、すばらしい結果が生まれる。彼らがダンスを拒否し、私の賜物が否定されるとき、面倒なことになる。私は傷つき、怒りをおぼえ、自分が窮地に立たされたことを生徒のせいにして腹を立ててしまう。私は彼らに対して身構えてしまい、さらに彼らとのダンスがむずかしくなる。

しかし、この欠点を私の長所のトレードオフとして理解すると、私は心の中で何か新しいものや解放感を感じる。もはや私は、自分の欠点を直そうとは思っていない。例えば、自分ひとりでダンスすることを学ぼうなどと思っていない。そうすることは妥協につながるし、私の賜物を台無しにする可能性すらある。その代わり、ダンスを拒否する生徒に対して、もっと恵み深く接することを学びたいと思っている。自分の限界を彼らに投影するのではなく、その欠点を自分の一部として受け入れることによって。

常に「壁の花」で居続けたい生徒たちにとって、私は決していい教師ではない。それは、単に数多くある私の欠点の一つだ。しかし、おそらく自己理解を深めることによって、壁の花たちをダンスに誘い続けることができるようになるかもしれない。その中の何人かでも音楽を聞き、誘いを受け入れて、私と共に教え学ぶダンスの輪の中に加わってくれる可能性を期待しながら。

方向転換をして、世界を発見する

私たちの背後で道が閉ざされたとき、それはただやり方がまずかったためと思いたい誘惑に駆られることがある。もし、私がもっと賢く、強かったら、あの扉は閉ざされなかったのではないか。だから、もし私が倍の努力をしたら、あの扉を突き破ることができるかもしれない――。しかし、それは危険な誘惑だ。閉ざされた道から学ぶのではなく、それに抵抗するとき、私たちの特性である限界を無視する可能性がある。そうすることは、真の自己を傷つけることと同様に、生まれ持った賜物としての可能性も無視することにつながる。

ルッが教えてくれたように、私たちの背後で閉ざされた道からは、目の前に開かれた道と同じくらい多くの教えを得ることができる。開かれたものからは可能性を、閉ざされたものからは限界を知るようになる。それは、ちょうどアイデンティティーという名の一枚の硬貨に二つの面があるように。霊的な世界では、アイデンティティーは通貨のようなものであり、硬貨のどちらかの面を見極めることによって自分のアイデンティティーについて多くのことが学べる。

霊的な旅においてはよく、逆説の中心にたどり着くことがある。一つの扉が閉ざされる度に、その他の世界が開かれるのである。私たちがすべきことは、閉ざされた扉を叩き続けることをやめ、方向転換をして――つまり、扉を私たちの背後にして――私たちの前に広がっている、いのちの大きさを喜んで受け入れることだ。閉ざされた扉は、私たちがその部屋に入れないように立ちはだかるが、今私たちの目の前に広がっているのは、その部屋以外の現実の世界だ。

この逆説について考えていると、ペンドル・ヒルでの経験やルツが教えてくれた「閉ざされた道」の意味が再び脳裏によみがえってくる。閉ざされたいくつもの扉のことで悩みながら座り込んでいたとき、私はすでにそこに座っていたのだ。私の世界が間もなく大きく開かれようとしていた、まさにその場所に。

もし、あのとき自分の未来を見ることができたら、ルツの言葉で自分の混乱した内面が見えたときよりも、さらに激しく私は大声で笑ったことだろう。私の未来は、すでにそこにあったのだ。ペンドル・ヒルに。一年間の研究休暇を十年に引き延ばし、型にはまらない教育の形を模索し、新しい教え方を学び始めた、その場所に。私自身と世の中を理解しようと苦悩する中で、物を書き始めたのもここだった。執筆活動は、私の天職にとって中心的位置を占めるものになった。

道が開かれないことへの不安、閉ざされた扉を叩き続けていた不安が、私の目を見えなくし、明らかにわかる場所に隠された謎を見つける妨げとなっていた。私はすでに新たな人生の地に立っていて、自分の旅の第一歩を踏み出す準備ができていたのだった。ただ私が方向転換をして、目の前に広がったその風景を見ることさえできていれば。

もし、自分のいのちを十分に、よりよく生きようと思うなら、私たちは逆を受け入れることを学ぶ必要がある。自分の限界と可能性の狭間にある、創造性に富んだ緊張感の中で生きることを学ばなければいけない。私たちの特性を歪めない形で、自分の限界を尊重する。さらに、神が与えてくださった可能性を実現する形で、自分の賜物を信頼して用いる。閉ざされた道にはノーと言い、そこから得られる教えを受ければいい。反対に、開かれた道にはイエスと言い、肯定的な態度で応答していかなければならない。

第四章　落ちるところまで落ちる

死すべき命の歩みの半ばにあって
我に返ると暗い森の中にいた、
正しい道は消え失せてしまって。

ああいかに言い表わすことの困難であるか
この森の荒れ果てて険しく無惨なるさまは
思うだけでも恐怖がまた新たになる！

その苦しみの景色は死にも引けを取らない。
だが、そこで見出した善き事柄を語るためには、そこで巡り合った他の事柄を述べねばならない。

（ダンテ『神曲　地獄篇』河島英昭訳）

私の人生の旅の半ばで、再び「道が閉ざされた」。今度は、致命的だと感じたほど残酷な形で。私は、うつ病と呼ばれる暗い森の中で自分を発見した。光も希望も全く消え失せてしまった。しかし、暗闇の旅から抜け出た後五、六年かけてその意味を理解したとき、その過程が自己や天職を知る巡礼の旅にとっていかに重要であったかを知った。同じ道を通ることをほかの人には勧めないが――それは招かれることなく多くの人に訪れるので、私が勧める必要もないが――、うつ病は氷の下に隠されたいのちの川を捜すよう私に強く迫った。

ずいぶん長い間、私は自分のうつ病について書くことができなかった。私が学んだことや学んだ過程のことについて書くと、心に痛みをおぼえた。そのようなおり、私のメンターであり、友人であったヘンリ・ナウエンを追悼した雑誌の特集「傷ついた癒し人」のための原稿依頼を受けた。もし、ヘンリの精神にのっとって私が彼の人生に敬意を表したいのなら、私自身の最も深い傷について書かざるをえないと思った。

ヘンリ自身も月の暗い部分で過ごした経験があり、そのことについてオープンに語ったり、書いたりしていた。しかし、彼と頻繁に会っていた何年もの間、私は自分の闇について彼に語ったことがほとんどなかった。やさしさに溢れていた彼の前ですら、私はその経験を非常に恥ずかしく思っていたからだ。もはや恥と思う気持ちはなくなったが、うつ病について語ることはまだむずかしいと感じている。なぜなら、その経験というのは言葉にできないものだからだ。しかし、ヘンリの精神は私や他の多くの人々に、もっと正直に、弱さを隠さず、人間らしさと相互の癒しを共有するようにと励まし続けているように思える。それゆえ、テーマがむずかしすぎて言葉にできないと思えるときでさえ、いや、おそらく、そのようなときだからこそ書くべきなのだろう。

この回想を出版することへの唯一の恐れは、そこから誤解を受ける人がいるかもしれないことだった。うつ病には、さまざまなタイプがある。おもに遺伝的要因、あるいは生化学的要因の場合は、薬物治療にのみ好反応を示すようだ。状況的要因の場合は、自己認識や選択、生活環境を変えるように導く心理的作業にのみ好反応を示し、さらにそれら二つの要素が重なり合う場合もある。

私の場合、脳の化学的反応を安定させるため、短期間だけ薬を必要としたが、私のうつ病はおもに状況的要因によるものだった。できる限り、私は自分のうつ病について真実を述べるつもりだ。しかし、私にとって有効だったことが必ずしも他の人にもそうであるとは限らない。私が書いているのは、処方箋ではない。単に自分の話をしているにすぎない。もし、この文章があなたやあなたの大切な人を理解する助けになるなら、私は嬉しく思う。さらに、あなたやあなたの大切な人の苦しみを天職への導きとして変えることができたら、私にとってそれ以上の大きな喜びはない。

うつ病の不可解さ

四十代に二度ほど、魂が大混乱を来した状態で、私は終わりなき日々を過ごしたことがある。毎日、常に死にたいという思いと戦っていた。時にはそれに抵抗する力が弱り果て、死ぬ「練習」までしたことがある。生きることに対する重荷と疲れ以外に感じることができず、明らかに徒労に終わるこのいのちを維持することにも嫌気がさしていた。

うつ病患者がときに自殺する理由が、私にはわかる。彼らは休息を欲していたのだ。一方、私もそのうちのひとりだが、生きながら死んでいるような状態でも別の人はなぜ、新しい人生を見つけることができるのかはわからない。そのような状況の中でもどのようにして生きながらえ、ついには乗り越えていったか、私が経験したことを語ることはできる。しかし、手遅れになる前にどうしてそれができたかについては説明することができない。

これから紹介する話は、おそらく私がわからなかったために、信仰とうつ病の関係について学ぶことができた例である。かつて私は、大人になってからのほとんどの人生をうつ病と格闘してきたひとりの女性と会った。私たちは、クリスチャンとして互いに信じていることについて語り合った。長く深刻な会話が終わりに近づいた辺りで、彼女は苦渋に満ちた声でこう尋ねた。「なぜ、ある人は自殺をし、ある人は良くなるのでしょう。」

彼女の質問は、そのような状態で生きることの苦悩から発せられたことがわかったので、私は気をつけて答えなければいけないと思った。しかし、私にはたった一つの答えしか思いつかなかった。

「どうしてだか、私にもわからない。全く見当もつかない。」

彼女が去った後、私は後悔の念に襲われた。たとえほんとうでないにしても、もう少し助けになりそうなことを言えなかったのだろうか、と。

数日後、彼女は私に手紙を送って来た。そこには、私たちが語ったすべてのことの中で「どうしてだか、私にもわからない」という言葉が彼女の心に残ったと書いてあった。私の答えは、彼女が所属する教会ではよく言われる残酷な「クリスチャンの説明」とは別のものだったようだ。彼女の教会では、自らの命を絶つ人は信仰や良い行い、あるいは神が救おうと思われるほどの徳に欠けると言われるらしい。私にはわからないと言ったことが、うつ病をわずらっている自分をさばくことから解放し、さらに神が彼女をさばいているると信じることをやめさせたのだという。その結果、彼女のうつ病は少し軽くなった。

この経験から、私は二つのことを学んだ。一つは、落ち込んでいる人に対し正直に話すことの大切さだ。もし、私がこの女性にとって良かれと思われる話をしていたら、彼女の心にふれることはできなかっただろう。すべての人の心には嘘発見器のようなものが備わっているが、うつ病の人の場合、その感度がかなり高いようだ。

二つ目は、うつ病になると単純な「宗教的」あるいは「科学的」な答えを拒絶して、不可解なものや私たちの理性が拒むものを受け入れるようになる。不可解なものは、人の心の中にある深い経験すべてを取り巻いている。心にある闇、あるいは心にある光に向かって深く進んで行けば行くほど、究極的に不可解な神にたどり着く。しかし、私たちの理性は、不可解なものを説明すべき謎や解決すべき問題にすり替えたいようだ。なぜなら、

「物事を明確にできる」という錯覚を持つと、力があるように感じるからだ。しかし、不可解なものを解決したり、治すことは決してできない。私たちがそれを解決できるかのように偽るとき、人生はつまらないものになるだけでなく、さらに絶望的になる。解決など決してできないからだ。

うつ病の不可解さをそのまま受け入れることとは、受け身になることでも、あきらめることでもない。それをするには、最も深い自己に入り込むことだ。それは待つこと、見守ること、聴くこと、苦しみに耐えること、できるだけ多くの自己認識を持つことを意味する。次に、どれほど困難でも、その認識に基づいて選択をするようにする。毎日、真の自己に元気を与えることを選び、与えないことは避けることで、その人はゆっくりと健全な状態を取り戻していく。

私が話している認識とは知的で分析的なことではなく、ホーリスティック（包括的）で心理的なものだ。健全な状態へと導く選択も、目的を達成するための実用的で計画されたものではなく、ただその人の真の姿を忠実に表すものを選ぶ。これは学校で学べるようなものではないので、むずかしい。私にはわかる。なぜ、私がその道を二度も通らなければならなかったか、が。初めて真実の自分の姿を知ったとき、私は恐れを抱いた。私は自分自身を知ることを拒絶し、真の自己が求める選択を拒否した。その代償として、地獄に二度滞在することになったわけだ。

外側から中を覗き込む

おかしなことに、うつ病だった頃の最も鮮明な記憶の一つが、私のようすを見に来てくれた人たちだった。というのも、その期間中、だれがそこにいて、だれがいなかったのか、ほとんど私は気づくことすらできない状態であったからだ。うつ病とは、究極的な断絶状態だ。すべていのちある者にとって命綱である、関係を持つ能力が奪われてしまう。

私を訪問してくれた人を悪く言いたくはない。彼らはみな、善意を持って来てくれたし、概して私を避けようとしなかった数少ない人たちである。しかし、それが善意から出たことだったにしても、ほとんどの人はヨブを慰めに来た人たちのようだった。悲惨な目にあったヨブに会いに来た友人たちが示した「同情」は、ヨブをさらに深い絶望へと導いただけだった。

ある訪問者は、私を元気づけようとしてこう言った。「外はいい天気よ。外に出て、太陽の光を浴びて、花でも眺めたらどう。きっと気分がよくなるわよ。」

しかし、そのアドバイスはさらに私を落ち込ませただけだった。頭では、その日がすばらしくいい天気であることは私にもわかっていたが、私の感覚や体を通してそのすばらしさを感じることができなかった。うつ病は究極的な断絶状態だ。ただ人との関係だけでなく、その人の思考と感情も断絶している。その断絶状態にあることに気づかされて、私はさらに深く絶望した。

別の人は、私にこう言った。「それにしても、君はほんとうにいい人だよ、パーカー。教えることも書くこともうまい。それに、君は多くの人を助けたじゃないか。君がやってきたすばらしいことをすべて思い出してごらん。そうすれば、気持ちも晴れるよ。」

このアドバイスも、私をより落ち込ませた。その言葉が、私の「良い」仮面と、当時思い込んでいた「悪い」自分との大きなギャップに私を陥れたからだ。そのような言葉を聞くと、私はこう思った。「またひとり、だまされている人がいる。彼はほんとうの私ではなく、私のイメージを見ている。もし、人がほんとうの私を見たら、一瞬にして私を拒絶するだろう。」うつ病は、究極の断絶状態だ。人との関係や思考と心だけでなく、自分のセルフイメージと外の顔も断絶している。

それから、次のような言葉で会話を始める訪問者もいた。「あなたの気持ちがよくわかるわ。……」彼らがどのような慰めや助言を与えたとしても、私はその言葉の次に出てくる内容を聞かなかった。彼らが嘘を並べ立てるだけであることを知っていたからだ。他人の不可解な経験を同じように経験することなどだれにもできない。逆説的に言えば、その友人は私に共感しようとして、私をさらに孤立させてしまった。それが、過剰共感だからだ。断絶は生き地獄かもしれないが、嘘の関係を持つよりはマシだ。

友人から慰めを受けなかっただけでなく、私自身も同じような方法で他の人を慰めようとしたことがあったので、そこにある根本的な問題が何なのかわかるような気がする。それは、回避と否定だ。私たちにとって最もむずかしいことの一つは、悪いところを正そうとすることなく、その人の痛みに寄り添うことだ。敬意を表しながら、その人が抱える不可解さと悲しみの淵にただ立つことである。そこにただ立つことは無益で、何の力にもなっていないと私たちは感じるだろう。しかし、まさにそのような思いをうつ病の人たちは抱えているのだ。無意識のうちに、私たちはヨブの友人たちと同じで、自分たちが目の前にいる人のように悲しむべき存在でないことで安心感を得ている。

そのような思いを避けるためのアドバイスがある。しかし、それは私自身を解放するためで、必ずしもあなたの役に立つとは限らないと前もって言っておきたい。私のアドバイスに従うと、あなたは良くなるかもしれない。もし、良くならなくても、私は最善を尽くしたにすぎない。もし、私のアドバイスに従いたくなければ、私があなたのためにできることは何もないことになる。いずれにしても、罪意識なくあなたの問題から私は解放される。

幸いなことに、とても単純かつ癒される形で私と同じ立場に立つ勇気を持ってくれた家族や友人に私は恵まれた。その中のひとりであるビルは、毎日午後に私の家に来てもいいかと聞いてきた。彼は私を椅子に座らせて、私の前で跪き、靴とソックスをぬがせて、三十分ほど私の足をただマッサージしてくれた。彼は私の体で唯一感覚を残していた場所を見つけてくれた。その感覚によって、私はわずかながらも人と再びつながっていると感じることができた。

ビルは、ほとんど何も話さなかった。話したとしても、彼は決してアドバイスを与えず、ただ私の状態を忠実に描写するだけだった。「今日は、ちょっと辛そうだね」とか、「だんだん力がついてきたように感じる」と言うだけだった。彼に応答できないときもあったが、彼の言葉はとても助けになった。まだ、私を見てくれる人がいることで私は安心感を得た。もはや自分は消え去ってしまったとか、見えない存在ではないかという思いに悩まされていた中で、それはいのちを与える認識であった。私の友人がしてくれたことの意味を言葉にするのは、不可能だと感じる。しかし、今私は、イエスが弟子の足を洗われたという聖書の話をより深く理解するようになったと言えば、少しはわかってもらえるだろうか。

詩人ライナー・マリア・リルケは、こう言った。「愛の成り立ちとは、こういうものだ。二つの孤独が互いを守り、境界線を作り、挨拶をする。」これは、私の友人ビルが与えてくれたような愛だ。彼は、まちがった慰めやアドバイスでひどい状態にあった私の内面に決して侵害してこなかった。彼はただ境界線の上に立ち、私にも、私の心の旅に対しても、お手本のような敬意を示してくれた。さらに、あるがままの状態にしておく勇気も示してくれた。

このような愛には、時々私たちが実践してしまう「実用本意の無神論」が微塵も見られない。実用本意の無神論とは、口では私たちの内に住む神について敬虔なことを言いながらも、実際は自分の力で事を起こさなければ、何も始まらないと思っていることをさす。リルケは、苦しんでいる魂を避けたり、侵害したりしない愛を描写している。その愛とは、苦しんでいる人に与えられる神の愛を表したものだ。神は私たちを「正す」ことなく、私たちと共に苦しみを共有することによって、私たちに強さをお与えになる。私たちも敬意と忠誠をもって人の孤独の淵に立つことができれば、神の愛を仲介する者になれるかもしれない。人が与えることができない、より深い何かを必要としている人のために。

　初めてうつ病を経験していたある眠れない夜、驚くべきことに、人の仲介なしに直接この愛のしるしが私に与えられた。「パーカー、私はあなたを愛している」という声を私ははっきりと聞いた。その言葉は、どこからともなく耳に入って来たのではなく、内側から静かに訪れた。それは決して、自己嫌悪に陥って絶望していた私の自我から来たものではなかった。

　説明しがたい恵みの瞬間だった。しかし、うつの状態があまりにもひどく、私はそのことを忘れていた。それにしても、あのときの経験は特別だった。あれだけ特別な賜物を拒絶するほどに、私はひどい状態で、助けを必要としていたということだろう。

内側から中を覗き込む

　自分に専門家の助けが必要だと認めることは、容易ではなかった。治療に行くのは弱さのしるしで、弱さは悪だと私は信じていた。しかし、いったんその壁を乗り越えると、別の壁にぶち当たった。というのも、専門家とは数多くの「正す」方法と技術を持つ人だからだ。専門家（professional）という元の意味を実行している人を探すことはむずかしい。もともとは信仰を告白（profession）する人という意味で、根本的な現実の本質と私たちのいのちに埋め込まれた神のあわれみを信じる人をさす。

私は二人の精神科医による治療を受けていたが、ほとんど成果が見られなかった。薬に頼り、内面のいのちに関して否定的な医師たちに対して、私は怒りをおぼえた。もし、私のうつ病が治るものなら、薬なしでも治ることを証明して、彼らを困らせてやろうとさえ思ったほどだ。しかし、幸いなことにその後、私の身に起こっていることをわかってもらいたい形で――つまり霊的な旅の一部として――理解してくれるカウンセラーに出会うことができた。

むろんその霊的な旅は、私が期待していたようなものではなかった。それは、酸素が薄い光の領域に昇って行くような旅でも、山頂で神のご臨在を経験するようなものでもなかった。事実、私が体験したのは逆方向への旅だった。地獄へ下降して行き、そこに住む魔物たちと顔と顔を突き合わせて遭遇するような体験だった。

何時間も熱心に耳を傾けてくれた後、そのセラピストは私に一つのイメージを与えてくれた。それが後に、私が再びいのちを取り戻す助けとなった。「あなたはうつ病を、あなたを押しつぶそうとしている敵の手と見ているようです。そうではなく、うつ病を、あなたが安心して立つことができる地に押しやろうとしている友の手として見ることができますか。」

私が激しい攻撃を受けて苦しんでいる最中に、うつ病を私の友とみなすという提案は非現実的すぎるし、侮辱されているようにさえ感じた。しかし、心のどこかで地に向かって下降することは、健全になるための方向かもしれないと感じ、そのイメージが私の内面を徐々に癒し始めた。

これまで私は本能的に危険だとわかるほどの高さで生きており、地に足をつけた生活を送っていなかったことに気づくようになった。高いところで生活することの問題点は明らかだ。人生では足をすべらせるという出来事がよくあるものだが、高いところから落ちると、いのちを落とす危険性が高い。地に押しやる恵みも、その理由は明らかだ。足を滑らせて落ちても、たいていの場合致命傷とはならず、すぐに立ち上がることができる。

私が生きていた高さに昇りつめた理由は、少なくとも四つある。まず、私は知識人として訓練を受けてきた。考えるという意味だけでなく――それは私が大いに重んじていることとだが――、おもに頭を使って生活してきたという意味だ。頭は、人間の体の中で地面から最も離れた場所に位置する。二番目に、実際に神を体験するのではなく、抽象的に神について知るだけのキリスト教信仰を私は持っていた。今では、そのことが不思議でならない。「ことばが肉体となられた」事実を重視する信仰から、なぜ、これほど多くの具体性に欠く概念が生まれてきたのか私には理解できない。

三番目に、私の高さは私の自我によってもたらされていた。それは誇張された自我で、過度に卑下してしまうことから来る恐れを隠すため、過剰に自分のことばかり考えるようになってしまった。最後に、それは私の道徳観念によってもたらされた。それはゆがめられた道徳観で、私はこうあるべきだ、こうすべきだというイメージによって生きるよう私を導いた。自分にとって真実であり、実現可能なもの、さらに私にいのちを与えるような見識を与えるものではなかった。

長い間、「何々すべき」という考え方が、私にとってすべての原動力であった。それらの「すべきこと」に失敗したとき、自分は弱く、信仰がない人間と自分自身を見なした。「これこれは、どのように神から与えられた私の特性に合っているか」とか、「何々は、ほんとうに私の賜物や召しなのか」という質問を絶えず問い続けていた。結果として、私の人生を自分のものとして生きておらず、初めから失敗することは目に見えていた。

確かにうつ病は、安心して立つことができる地に私を押しやろうとする友の手であった。その地とは私自身の真実や特性が存在する場所であり、賜物と限界、長所と短所、光と闇とが複雑に絡み合っていた。

しだいに私は、うつ病の背後で「友が助けている」イメージを自分で想像するようになった。小さい頃に戻ったかのように、そこにはある親しげな人影が少し離れて立っていて、私の名前を叫んで私の注意を促そうとしている。その人は、何かむずかしげだが、癒しを与えるような私自身の真実を教えようとしている。しかし、私は――これから耳にすることに恐れを感じたのか、傲慢にも人の助けなしに生きようとしているのか、それともただ自分の考えや自我、道徳にとらわれすぎているのか――、その叫び声を無視して、歩き去ってしまった。

そのため、その人影は依然友好的な態度で近づいて来て、さらに大きな声で叫んだが、私は歩き続けた。それはさらに近づいて私の肩を叩いたが、それでも私は歩き続けた。私の無反応にしびれを切らせたその人影は、私の背中に石を投げつけた。次に、棒で私を叩いては、ただ私の注意を得ようとした。しかし、その痛みにもかかわらず、私は決して足を止めようとしなかった。

何年もの間、友として助けようとしたこの人影は消えなかったが、私が方向転換することを拒み続けたことに嫌気がさしたのか、その姿は曖昧になっていった。叫んでも、肩を叩いても、石や棒を使っても効き目がなかったので、あとはただ一つ、うつ病という名の核爆弾を私に落とすしかなかった。殺意はなかったが、背水の陣で私を振り向かせ、私に単純な質問をした。「あなたが求めているものは何か。」ついに私がふり返ることができたとき——当時私が得られた自己認識を受け入れて、行動に移し始めたとき——、私はよくなり始めた。

その何年もの間私を呼び求めていた人影は、トーマス・マートンが「真の自己」と呼ぶものだと私は信じている。それは、私たちを得意げにさせる（あるいは、自信をくじく）利己的な自己ではない。あるいは、明確だが非現実的な考えで、混乱した人生をただ傍観するだけの知的な自己でもない。また、抽象的な倫理的規則によって生きることを望む道徳的な自己でもない。それは、私たちをご自身の御姿にお造りになった神によって植えられた自己である。その自己は、まさしく私たちが創造されたとおりに生きることを求めている。

真の自己は、ほんとうの友人だ。そのような友人を無視したり拒絶すると、身の危険を覚悟したほうがいい。

地の底で神に出会う

ついに方向転換することができ、「あなたが求めるものは何か」と自問したとき、その答えは明らかだった。自分らしさへと向かう旅であると同時に神に近づく旅として、地獄へと下る道を受け入れることだ。

それまで私は、神が存在しておられる方向と一般的に私が好む方向は同じだと思っていた。つまり、上方である。私が初めて神学校で聞いて以来興味をそそられたものの、理解することができなかった言葉がある。ドイツの神学者パウル・ティリッヒが神を表すために用いた「存在の根底」という言葉だ。神を知る道は上方ではなく、下方だと理解できる前に、私は地下に下るよう強いられた。

地下は危険な場所だが、うつ病を患っている者にとっては潜在的にいのちを与える場所でもある。自己とは特別でも優れた者でもなく、ただ善と悪、光と闇を併せ持った者という理解に至る場所であり、他の人たちと共有する人間らしさをようやく受け入れることができる場所でもある。これが地下だけに限らず、神を経験する心奥の環境に関して私が表すことができる最もわかりやすいイメージだ。

何年も前に、謙遜であることが霊的生活で最も大切だとだれかが教えてくれた。それは、私にもよくわかる。（自分を謙遜だと思っていることを誇りに思う！）しかし、この人は、謙遜になるための道について私に教えてくれなかった。というのも、謙遜になるには、少なくともある人にとっては屈辱的な経験を通らなければいけないからだ。そのような経験を通して、私たちは低く、力のない者に変えられ、見せかけや防御手段も奪われて、だまされたような空虚で無益な気持ちになる。しかし、そのような経験は、地の底から私たちのいのちを再び成長させてくれるのだ。

霊的な旅は、逆説の連続だ。その一つは、私たちを低くする謙遜は――地の底まで下降するが、そこは安心して立つことや倒れることができる場所だ――やがてより堅実で豊かな自己を自覚できるように導いてくれる。うつ病から抜け出るとはどういう気持ちかと人から聞かれるとき、私はこの答えしか思い浮かばない。「ありのままの自分で安心していられる。生まれて初めて、ほっとした。」

フロリダ・スコット・マックスウェルは、私よりもっと洗練された言葉でそれを表現している。「あなたは、自分を自分のものとすることだけを人生に要求すればいい。あなたが行ってきたことやあなたらしさを所有すると、……現実に対して果敢になる。」今では自分のことを強さと弱さ、賜物と短所、光と闇を併せ持つ者として見ている。健全であることとは、それら一つも拒絶するのではなく、それらすべてをそのまま受け入れることを意味する。

すべてを受け入れることは自己愛的で、他人を犠牲にしてまで自己に取り憑かれていると言う人がいるかもしれないが、私の経験ではそうではない。歪められた自我や道徳観のために自身の真実を無視したとき、私は他の人を傷つける偽りの人生を送っていた――そのことに対して、私は赦しを乞うしかない。私自身の真実にしっかりと耳を傾け始めたとき、仕事や人間関係でより多くの真実が実を結ぶようになった。今の私にわかっていることは、真の自己のためにできることは何でも、最終的には他の人の役に立つということだ。

また「自分のすべてを受け入れる」とは、単に罪を犯す許可を与えるきれいごとにしか聞こえないと言う人もいるかもしれないが、これも私の経験では反対であった。弱さや短所、闇の部分を私という人間の一部として受け入れると、その部分が私に対して持つ影響力を弱めることができる。なぜなら、その部分が求めているのは、私という全体の一部として認められることだけなのだから。

同時に、自分のすべてを受け入れることは人生をさらにむずかしいものにする。いったんそれをすると、あなたはいのちのすべてを生きなければいけないからだ。うつ病の暗い森で発見したことの中で最も辛かったことの一つは、心のどこかで落ち込んだままの状態を望む自分がいたことだった。生きたまま死んだような状態でいる限り、人生は楽なものになる。私に対してほとんど何も期待されないし、ましてや他の人に仕える必要もない。

私は、それまで気にも留めていなかった聖書のある教えに深い意味が隠されていたことに気づかされた。「私は、いのちと死、祝福とのろいを、あなたの前に置く。あなたはいのちを選びなさい」(申命記三〇・一九)。なぜ、神は貴重な息を無駄にして、そのようなわかりきったことをおっしゃるのか、と私は不思議に思っていた。時に私たちは人生で「死」を選ぶことによって、まちがった慰めを得ようとすることを私は理解していなかった。賜物を用いる努力や嘘偽りのない人間関係の中に生きる挑戦を続けるより、私たちは楽な生き方を選ぶことがある。

ようやく私は、人生を肯定できるようになった。どのようにして、それが可能になったかは依然私にも謎だが、その選択ができたことに非常に感謝している。健全な状態に戻る長い道のりの分岐点で、——実際、私が田舎道を歩いていて、鋤で耕されたばかりの畑の横を通りかかったとき——私の中で一つの詩が生まれた。うつ病に関して私自身いまだよくわかっていないことを認めつつ、希望のしるしとして、この詩をうつ病に苦しんでいる人たちに捧げる。

土をならす

鋤が、良い土地に向けて激しく刃を向ける。
不格好な土のかたまりが跳ね上がる。
岩やねじ曲がった根っこが姿を現す。
去年の収穫物が鋤の刃によって、粉砕された。
私はそのように自分の人生を耕した。
すべての歴史をひっくり返して
犯した間違いの根を捜した。

私の顔が荒れ、深いしわが刻まれ、傷を残すまで。
これから成長するもののための苗床。
根こそぎ引き抜かれたものはどれも、そのままにしておこう。
もう十分だ。仕事は終わった。

去年の理由を掘り起こすために、私は鋤で耕した——
農夫は、再生の季節を植えるため鋤で耕した。

第五章　リーダーの内面が組織に表れる

世の中に戻る

うつ病の淵から抜け出した後、私は実社会の指導的立場に就くことになった。これは方向転換というより、大きな飛躍に思えるかもしれないが、知恵ある人に言わせると、この展開は決して意外ではないようだ。心の旅を経験した者たちはみな、こう言う。「自我を通り抜けて、ほんとうの自分に向かう。そのような人は自己愛に陥って自分を見失うことなくこの世に戻り、感謝の心をもって社会的責任を果たしていくようになる。」

その言葉には、前章とこの章をつなげる役割以上の意味がある――これはうつ病の谷を通過した後、まさに私の身に起こったことなのだ。闇と分断の世界への下降が終わりに差しかかった頃、私は再びコミュニティーに関わり始め、興味があった働きに対して以前よりうまくリーダーシップがとれるようになっていた。

「リーダーシップ」という概念に抵抗を抱く人は多い。自分をリーダーとみなす人は、うぬぼれや自己顕示欲が強いだけのように思える。しかし、私たちがコミュニティーの中で生きるよう造られたとすれば、すべての人がリーダーとして召されているわけで、それを否定することは言い逃れになる。私たちがコミュニティーと呼ばれる緊密に結びついた環境の中で生きるとき、すべての人がリードし、またすべての人がそれに従うのだ。

善かれ悪しかれ、私ですら——組織のリーダーには全く向かず、かつてお高くとまっていた組織から逃げ出したような者ですら——言葉と行動を用いて、リーダーになれると理解するようになった。そこで私は、教師としての自分の仕事をしていたに過ぎなかったが。もし、あなたもその場所で、あなたの仕事をしていれば、何らかのリーダーとしての役割を果たしていることになる。

一方、私たちが持っている謙遜さが、リーダーという立場に抵抗感を抱かせるのも事実だ。公の場に立つリーダーたちがよく冷笑を買うことも、気がかりな点だ。アメリカにおいては、少なくともモラルの低下が著しい政財界ではあまりにも多くの利己的なリーダーを生み出してきた。彼らは倫理観や思いやり、ビジョンに欠けているように思える。しかし、改めて新聞の見出しを見ると、私たちが見落としがちな地域において、尊敬に値するリーダーたちを発見することができる。例えば、南アフリカ、南米、東ヨーロッパなどの地域では、大いなる闇を経験した人たちが現れ、人々を光に導いている。

そのようなリーダーのひとりにヴァーツラフ・ハヴェルがいる。劇作家であり、反体制運動の指導者として投獄され、その後チェコ共和国の大統領（二〇一一年死去）になった彼の言葉は、組織の大小にかかわらずリーダーシップとは何かという本質を私たちに教えてくれる。一九九〇年、チェコスロバキアが共産主義支配から自由になった数か月後、アメリカ合衆国議会との合同会議においてハヴェルは演説をした。「共産主義的全体主義体制がわれわれの国、チェコとスロバキアの両方から去りました。……残されたものは数えきれない死者、計りえない苦悩、経済的打撃、そして何にも増して多大なる屈辱。幸いにもあなた方が知らない恐怖を共産主義は私たちにもたらしたのです。……」（私たちアメリカ人も、自分の国においてそのような恐怖を味わった人がいることを告白すべきだと私は思う。）

一方、共産党政権は肯定的なものも私たちに与えました。それは、別の視点からものを見る能力です。このような苦い経験をしたことがない人たちより、いくらか遠くを見ることができる特別な能力です。巨大な石の下で身動きできず、普通の生活を送ることができない人たちは、そのような形で閉じ込められたことがない人に比べて、希望について考える時間が多くあるからです。

私が言おうとしていることは、次のようなことです。私たちは、あなた方から多くのことを学ばなければなりません。子どもたちの救育から、国会議員の選出法、貧困ではなく繁栄をもたらす経済体制の立て直しなどすべてです。しかし、それは優れた教育と力を持ち、経済力があるところから、そのお礼として何も差し出すことができないところへの一方的な援助ではありません。

私たちも、あなた方に何かを提供することができます。共産党政権から得た私たちの知識や経験です。……今話している特殊な経験によって、私はある確信を得ました。それは、意識は存在に先行するということです。共産主義者が主張するように、その逆ではありません。そのため、この世における救いは人の心、考える力、謙虚さ、そして責任以外のどこにも存在しないのです。人の意識の領域において包括的な革命が起きない限り、何も良くならないのです。……そして、この世界が向かっている破局は、それが環境問題であろうと、社会問題、人口問題、総体的な文明崩壊であろうと避けることができません。

ハヴェルが教える真のリーダーシップの力とは、外面的な立場にあるのではなく、人の心の中にあるという。家族から国家にいたるあらゆる環境において、真のリーダーは自分自身や人々の心を解放することを目的とし、その力が世界を解放するのである。

私たちの時代の政治家であり、内面のいのちについて精通している人物から、これ以上力強い証しを聞くことはできないと私は思う。「意識は存在に先行する。」「この世における救いは、人の心以外どこにも存在しない。」物質的な現実は、政治・社会的運動の歴史において根本的な要素ではないとハヴェルは言う。意識、認識、思想、そして精神が根本的要素だという。それらは、はかない夢のようなものではない。それらは精神的なアルキメデスの原理のようなもので、抑圧された人々がてこの原理を用いて巨大な石を持ち上げ、ついには変革をもたらす力を解き放つのである。

しかし、米国の国賓として招かれたハヴェルが、アメリカ人を気遣って言及を避けたことがある。事実は意識より力がある、経済は精神よりもっと重要だ、お金の流れはビジョンや思想の流れより現実を創造すると信じたのは、共産主義者だけではなかった。資本主義者たちも、それらのことを信じてきた。それを言うと私たちに失礼だと思ってハヴェルは言わなかったが、私たちは正直にそのことを認めるべきだ。

私たちの資本主義には、内面のいのちの力よりも外面的な現実の力を信じる長く致命的な歴史がある。「それはすばらしい考え方だが、現実的にはむずかしい」という言葉を何度聞いたり、言ったりしたことか。計れるものや数えられるものを変えることだけを重視する組織がどれほどあるか。伝統的な方針や習慣が、人々の創造性をつぶしてしまうのを何度見てきたことか。

これは、共産主義だけの問題ではない。人類の問題だ。しかし、霊的視点から見ると、私たちは――特に政治的自由と比較的豊かな生活を謳歌している人たちは――そのような社会の犠牲者ではない。私たちは、創造の一端を担っている。私たちは精神と物質、私たちの内にある力とこの世の「どこか」にある物が複雑に影響し合う中で生きている。外側にある現実は、根本的な制限を私たちに与えない。もし、私たち基本的人権が与えられている者たちに制限が与えられているなら、それは自らが与えたものだ。

霊性は、外側の世界の現実を否定しない。霊的視点から物事を見ると、善かれ悪しかれ、この世に私たちの霊を投影することによって、世界を造る一端を担っていることになる。もし、私たちの組織が柔軟性に欠けるとしたら、それは私たちの心が変化を恐れているからだ。もし、組織が熾烈な競争に互いを駆り立てるなら、それは何よりも私たちが勝つことを重視しているからだ。もし、組織が心と体の健康を無視しているなら、それは心と体を思いやる心が私たちに欠けているからだ。

何を投影するかは、私たちの選択である。その選択によって、この世界の成長を助けることができるのだ。意識は存在に先行する。あなたの、そして私の意識はこの世界を形造ることも、歪めることも、あるいは改革をもたらすこともできる。私たちが創造の一端を担うことはすごいことであると同時に、痛みの伴う責任でもある。さらに、変化をもたらす大いなる希望の源でもある。そこに、私たちすべてにリーダーとしての召命が与えられているという根拠があり、私たちすべてがリーダーであるという真実がある。

影と霊性

リーダーとは、力をもって光か影のいずれかをこの世の一部やそこに住む人々に投影する人のことだ。リーダーは、そこで生きる人々の気質をつくり出す。天国のように光に満ちた気質か、地獄のように影ばかりの気質かは、リーダーが投影するものによって決まる。良きリーダーは慎重に光と影の相互作用に気を配り、リーダーシップが有害無益にならないようにする。

例えば、若者たちが長い時間を共にする教師について考えてみよう。ある教師は光を与えてさらなる成長を促すが、ある教師は影を投影して若い芽を摘んでしまう。家族に対して同じような力を持つ親、教会全体に影響をもたらす聖職者についても考えてみよう。会社経営者はどうだろうか。彼らの日々の決断は内面的なエネルギーによって下されるが、内面的な動機について考えたり、内面的なものが果たして実在するかさえ定かでない人が多いのではないだろうか。

私たちには、リーダーシップを「ポジティブ思考」によって考える習慣がある。この思考法は、光より影を投影しがちなリーダーに対処するためのものではないかと私は思う。リーダーは常に批判の的になる上、報いを得ることが少ない大変な役どころである。それゆえ、ポジティブ思考で自分自身を励ますのが必要なのも理解できる。しかし、影の部分に目を向けないと、リーダーたちによく見られる危険な勘違いを増長させてしまう。例えば、私の意図はいつも善意から出たもの、私の力はいつも良いもの、いつも問題を起こすのは部下だ……といった誤った思考パターンを持つリーダーがいる。

リーダーシップを進んで買って出る人、特に公のリーダーには、外向的な性格の人が多い。そういう人は、概して自分の内側に起こっていることを無視しがちだ。もし、ある種の内面的な生活を送っていたとしても、それを公的な仕事と「区分して」遮断してしまう。すると、内面にある影は野放し状態となって成長し、それが手に負えない状態となって初めて公の場に姿を現すことになる。アメリカの政治の世界でも、よく見かける光景だ。リーダーには、外面の世界を扱う専門的なスキルだけでなく、光と影の双方の源に近づく内面的な旅をする霊的スキルも必要だ。

リーダーシップと同様、霊性という言葉も定義するのがむずかしい。しかし、アニー・ディラードは鮮明なイメージをもって、真の霊性とはどのようなものかを私たちに教えている。「心奥には、心理学者が警告するような暴力や恐ろしいものがある。しかし、もし、あなたがそのような魔物にまたがって下方に向かい、さらに深い世界の淵まで降りるなら、科学が発見したり、名づけることができないものをあなたは発見するだろう。それは深海の底に潜むいのちの源で、私たちのいのちにブイをつけて浮かべることができる。それは善が善を行う力を、悪が悪を行う力を与え、あらゆるものが統合された場所。複雑で、説明できないほど互いを思いやる私たちの心。これは与えられるものであり、学べるものではない。」

ここでディラードは、霊的な旅に共通して見られる二つの重要な特徴を挙げている。一つは、内側と下方に向かうこと。つまり、私たちにとって最もむずかしい現実に向かう。外側や上方、つまり抽象化、理想化、勧奨には向かわない。霊的な旅は、ポジティブ思考とは逆のほうに向かうのだ。

なぜ、私たちは内側に、下方に向かわなければいけないのか。それは、そうすることにより初めて、私たちが内に抱えている闇に向き合えるからである。それこそが、他の人々に投影してしまう私たちの究極的な影の源だ。自分の内にいる敵を理解していないと、私たちは人々を解放するどころか、抑圧するリーダーとなり、「自分の外にいる」だれかを敵に仕立てようと躍起になる。

しかし、その魔物に乗って私たちが地の底まで降りて行くと、何か貴重なものへの突破口が開かれるとアニー・ディラードは言う。それは「あらゆるものが統合された場所。複雑で、説明できないほど互いを思いやる私たちの心」であり、私たちの上辺のいのちが壊された下に存在するコミュニティーである。自分の内面にある闇に侵入し、私たちが互いに一つとなる場所にたどり着いた人が良きリーダーとなれる。そのような人は、他の人をも「隠れされた全体性」の場に導くことができる。なぜなら、彼らはそこにいたことがあるし、そこへ行く道を知っているからだ。

ヴァーツラフ・ハヴェルは、アニー・ディラードが説明している旅に精通していただろう。下方とは、何年もの間「巨大な石の下で」過ごした場所にほかならない。このイメージは政治的抑圧の下でチェコの人々が強いられた生活だけでなく、共産党政権下で苦悩した中でハヴェルが陥ったうつ病をもさしている。

一九七五年、うつ病に迫られるようにして、ハヴェルはチェコスロバキア共産党の党首であったグスタフ・ハスカに公開の抗議文書を書き送った。その手紙は――それがきっかけで彼は投獄されたが、一九八九年の「ベルベット革命」を導いた地下組織勢力のテーマとなった――ハヴェル自身の言葉によると、「自ら行った治療法」であり、自殺の代わりに選んだ選択、彼なりの分断を許さない生き方の選択であった。ヴィンセントやジェーン・カヴァロスキーが記しているように、ハヴェルは、「沈黙したままでいると、嘘をつきながら生きることになり、自己が内側から破滅すると感じた」のだ。

私たちも「巨大な石の下で身動きできない」状況に置かれるとき、この選択が目の前に置かれる。ネルソン・マンデラが失意の海でおぼれる代わりに、二十八年間の投獄生活を内面的なリーダーシップの育成の場としたことも同様だ。マンデラやハヴェルをはじめ、抑圧的な環境を強いられた数多くの人々は地の底まで下り、彼らの内面にある闇を旅する。そして彼らが表舞台に現れるときには、私たちをコミュニティー、つまり「複雑で、説明できないほど互いを思いやる私たちの心」へと導く能力を兼ね備えている。

アニー・ディラードは力強いイメージを使い、内面の旅が私たちにもたらすものを教えている。それにしても、これほど多くの困難と危険が伴う旅をしたいと思う人がいるのはなぜだろう。私たちの内にあるものすべては、そのような旅に否定的な声をあげる。すべてのことの原因は自分の外にあることにしたいのはそのためだ。外の世界のことを扱うほうがずっと簡単だ。自分の魂を扱う代わりに、モノや組織、他の人々を操ることに私たちは人生を費やしてしまう。外側の世界を扱うことは複雑極まりなく、大変であるかのように私たちは思っているが、迷宮のような内側の世界に比べたら、いともたやすい仕事である。

人がなぜ、内面の旅を求めるのか、私のささいな体験談から説明したいと思う。四十代の初め、アウトワード・バウンドと呼ばれる自分の限界に挑戦するプログラムに参加した。私が初めてうつ病になる直前だった。当時、うつ病のことにほとんど気がついていなかったので、そのプログラムが私を奮起させ、必要なことを学べるかもしれないと思っていた。

私は、メイン州の海岸から少し離れたハリケーン島で一週間のコースを取ることにした。その名前から、私を待ち受けているものを悟るべきだった。次は、ハッピー・ガーデンとか喜びの谷間といった名前のコースに申し込もうと思う。そのプログラムはすばらしい教えとコミュニティー、真の成長を促す一週間だった反面、恐れと嫌悪に満ちた一週間でもあった。

週の中頃、私が最も恐れる挑戦に直面した。インストラクターのひとりが後ろ向きに私を歩かせて、地上から三〇メートル以上ある高さの崖の淵に立たせた。彼はとても細いザイルを私の腰に結び――そのザイルはきちんと管理されていなかったのか、ほつれ始めているように見えた――懸垂降下を始めるように私に言った。

「何をどうすればいいんですか」と私は聞き返した。

「ただ、降りればいいんです」と典型的なアウトワード・バウンド的な言い方でインストラクターは説明した。

しかたなく、私は降り始めると、すぐに岩棚にぶつかった。一メートルちょっと滑り落ち、私の骨はガタガタと震え始め、頭がクラクラしてきた。

インストラクターは、私を見下ろして言った。「どうすればいいのか、よくわかっていないみたいですね。」

「そうですね」と、異議を唱えられる状態にない私は答えた。「どうすればいいんですか。」

「懸垂降下をするには、できるだけ後ろに体を反らせることが大切です。崖に対して正しい角度で体を支えなければいけません。そうすることで、足があなたの体重を支えることができます。本能とは逆の行動ですが、それ以外の方法はありません。」

むろん私は、彼が言っていることはまちがいだと思った。できるだけ岩肌に近い位置で、崖にしがみつくようにするのがコツだと思った。私はもう一度、自分の信じたやり方を試みた。すると、次の岩棚にぶつかって、再び一メートルほど落下した。

「まだ、わかっていないようですね。」助け船を出そうと、インストラクターが言った。

「そうですね、どうすればいいのかもう一度教えてくれますか。」

「思いっきり、体を後ろにそらしてみてください。それから、次の一歩を踏み出してください」と彼は言った。

次のステップは大きな一歩となったが、私はその一歩を踏み出した。すると、摩訶不思議にもうまくいった。祈りながら天に目を向けて、空中にもたれかかりながら、ごくごく小さく足を動かして、岩肌の崖を下り始めた。一歩踏み出すごとに自信もついてきた。半分くらい降りた辺りで、二人目のインストラクターが下から声をかけた。「パーカー、そこで立ち止まって、あなたの足のすぐ下に何があるのか見たほうがいいわ。」体重を移動させないように、かなりゆっくり目を下に向けると、私の足下近くに深い穴が開いているのがわかった。

降りるためにはその穴を回避しなければいけないが、それをするとようやく慣れてきた後ろに反る姿勢を維持できなくなる。穴の右か左かにザイルで弧を描くように方向転換して、降りるコースを変える必要があった。それは死を選ぶようなものだと確信したため、私は凍りつき、恐怖で動けなくなった。

二人目のインストラクターは、無言で震えながらそこにぶら下がったままの状態の私をしばらく待ってくれた。それは、かなり長い時間に感じられた。ついに、彼女は助言を与えようとして叫んだ。「パーカー、大丈夫？」

今に至るまで、どこからそのような言葉が出てきたのか私にもわからない。しかし、私がそう言ったという証人が十二人もいる。「そのことについては話したくない」と、金切り声で私は言ったらしい。

「それでは」と二人目のインストラクターは口を切った。「アウトワード・バウンドのモットーを学ぶ時よ。」

「なんてことだ」と私は思った。「私が死に直面している時に、彼女は私にモットーを教えようとしている。」

しかし、それから彼女は、私が決して生涯忘れることなく、心に刻んでおきたい言葉を叫んだ。私はいまだにその衝撃と意味を体で感じることができる。「もし、そこから出ることができなければ、その中に入るのよ!」

私は長い間「ことばが肉体となった」という概念を信じてきたが、その瞬間までそれを経験したことがなかった。私のインストラクターの言葉があまりにも衝撃的だったので、その言葉は私の頭を通り抜け、肉体に入り込み、私の足を動かした。私を助けるために、ヘリコプターが来るわけではない。崖の上のインストラクターがザイルを使って、私を引き上げてくれるわけではない。私の背中にパラシュートがあって、地上まで降ろしてくれるわけでもない。私のジレンマから抜け出す唯一の方法は、その中に入ることだけだった。私の足は動き始め、数分後無事に私は降りることができた。

なぜある人は、アニー・ディラードが描写したような厳しい内面の旅に出たいと思うのか。それは、私たちの内面のいのちから逃れる道がないため、その中に入ったほうがいいからだ。内側と下方に向かう霊的な旅において、唯一の出口は中に入って、そこを通り抜けることだ。

影から出て、光の中に入る

もし、私たちがリーダーとして影を少なく、しかしより多くの光を投影したければ、魔物にまたがって心奥まで降りて行かなければならない。そこで魔物がつくり上げた影を探り、霊的いのちの「中に入ること」によって私たちは成長と変化を経験する必要がある。そこには、五つの魔物が住んでいる。それらは架空の動物ではない。私はうつ病を患ったとき、個人的にそれら一つひとつを知るようになった。また、会社経営者、聖職者、親や教師など、さまざまなリーダーたちを集めたリトリートでも私はそれらの魔物をよく目にする。

影を投げかける第一の魔物は、アイデンティティーや自己価値に対する不安である。多くのリーダーたちは外向的な性格を持っているので、この影を認めることがむずかしい。しかし、時として外向的な性格は、自己不信を覆うためのものだったりする。自分に価値があることを証明するために、外見上活動的に振る舞うのだ。あるいは、単純にそのような問いを避ける。特に男性によく見られる徴候だが、アイデンティティーが仕事上の肩書に依存しすぎたために、その役割を失ったときにはうつ状態に陥ったり、死を選ぶケースすらある。

私たち自身のアイデンティティーに自信がない場合、自分を支える術として、他の人のアイデンティティーを奪う環境をつくることがある。それは、家庭内でよく見られる。自分のことを嫌悪している親は、自尊心の低い子どもを育ててしまうようだ。それは、職場でも起こる。会社や診療所に電話をかけると、たいていこういう答えが返ってくる。「ジョーンズ医師の診療所です。担当のナンシーです。」上司は肩書と名字があるが、電話に応対してくれる人（たいていは女性）にはそれらがない。上司がそうするよう指示しているからである。

ある少数の人のアイデンティティーを高めるために、多くの人のアイデンティティーを奪う傾向があらゆる組織の中で見られる。まるでアイデンティティーがゼロサム・ゲームか、勝ち負けを決める勝負事のように。例えば、教室では自己価値に不安を抱える教師が、一方的に知識を生徒に押し込むことにより、教師はますます自分本位になり、弱い立場の生徒は自己を失っていく。病院では、医者が患者をモノ扱いにしている場合もある。弱い立場の患者が最も自己意識を必要としているそのときに、医者は優越感を誇示するかのように「四一〇号室の腎臓」と患者を呼んだりする。

もちろん、そのようなことばかりではない。他人のアイデンティティーを奪うことによって自分のアイデンティティーを保つ必要のない人々がリーダーを務める組織もある。もし、あなたがそのような家庭や職場、学校、あるいは病院に属しているなら、あなたの自己意識は自己を理解しているリーダーによって高められる。

そのようなリーダーは、内面の旅で得られる認識をすでに持っている。それは、アイデンティティーはその人が果たす役割や人に及ぼす力に依らないということだ。私たちは神の子であり、神にあって、かつ神のために価値ある者であるというシンプルな真実にのみ、私たちのアイデンティティーがある。リーダーがそのことを認識し、それを基とするとき、家庭や職場、教室や病院はいのちにあふれたところとなる。

多くの人の内面に見られる二番目の影は、この宇宙は戦場だという信条であり、人間全般に対して敵意を抱いている。特に組織内で働いていると、戦争のイメージがよく用いられる。よく使われる表現として、戦法、戦略、同盟や敵、勝ち負け、あるいは「食うか食われるか」などが挙げられる。競争力を失えば、比喩が示すとおりに、負けは目に見えている。私たちが生きているこの世は、根本的に広大な戦闘地帯なのだから。

残念ながら、人生にはその人が語る言葉どおりになるという傾向がある。戦いの負けを恐れるこの影は、その人を戦時下に置かれているかのような気持ちにさせる。確かにこの世の競争は激しいが、その大きな原因は私たちがそうしているからだ。企業や社会福祉関係機関、学校にいたるまで、優秀な組織の中には別のやり方を学んでいるところがある。彼らは、コミュニティーに見られるような合意に基づき、協力的なやり方を目指している。つまり、日頃から戦闘的ではない別の言葉を用いて、別のタイプの現実をつくろうとしているのだ。

内面の旅をすることで、この宇宙は善のために協力し合っていると理解するようになる。現実をつくり上げているものは、戦いではない。現実は、人を打ち負かすものではない。確かに、死というものが存在するが、それはいのちのサイクルの一部であり、そのサイクルに沿って恵み深く生きることを学ぶと、私たちのいのちにすばらしい調和がもたらされる。調和は戦うことより重要だと教える霊的真理は、そのようなリーダーたちが抱える影に変化をもたらすことができる。さらに、リーダーが変われば、組織も変わる。

リーダーによく見られる三番目の影は、「実用本意の無神論」だ。根本的にすべての責任は自分にあり、それなりの結果を期待するなら、それを現実に導くのは私だと無意識のうちに信じていることをさす。口では神をほめたたえる人でさえ、内心そう信じている人がいる。

この影は、さまざまなレベルの病気を引き起こすようだ。自分の考えを他人に押しつけたり、人間関係をこじらせて、時には関係を壊す危険性すらある。この世は自分の意志で変えられないことを知り、その事実に憤りを感じるとき、燃え尽き症候群、うつ状態、絶望に陥ることも多い。実用本意の無神論は、集団を興奮状態に追い込む影でもある。平均的なグループは十五秒以上の沈黙が耐えられないのも、そのためだ。音を立てていなければ、良い結果は生まれない、何かが死んでいるにちがいないと思ってしまう。

内面の旅を通して私たちは、それを行っているのは自分だけではないことを学ぶ。同じことを行っている人がほかにいるだけでなく、ある人は自分よりも上手だ。（少なくとも、上手な時がある！）私たちはすべての重荷を抱える必要がなく、他の人と分かち合うことを学ぶ。それができると、私たちは自分自身を解放し、他の人に力を与えることができる。時には、重荷をすべて降ろしても構わない。優れたコミュニティーは、その人ができることだけを依頼し、あとは他の人の手にゆだねることができる。

私たちの内側にある四つ目の影は、恐れである。特に、人生で避けることができない混乱に対する恐れだ。私たちの多く――親や教師、会社経営者など――は、この世から混乱の跡形すべてを取り除くことに躍起になる。物事をくまなくお膳立てし、厄介な物（つまり、異議を唱える人、革新的な物、挑戦、変化など）が私たちのまわりで姿を現さないようにしたいのだ。家庭や教会、企業において、この影は厳格なルールや手続き、拘束力を与える気風などの形で現れる。（しかし、むろん私たちが問題視する厄介な物は、そのようなルールや拘束から逃げ出そうと試みる。）

内面の旅によって、混乱は創造のための前提条件だと私たちは知るようになる。創造に関するあらゆる神話に書かれているように、いのちは何もないところから現れる。すでに造られた物ですら、再びいのちを再生させるために時おり混乱状態に戻る必要がある。リーダーがあまりにも混乱を恐れ、それを取り除こうとするとき、そのリーダーが近づくすべての物の上に死の影が降りるようになる。人生の厄介な物すべてに対する究極的な答えは、死であるからだ。

リーダーが投影する影の最後の例は、逆説的に聞こえるかもしれないが、死を否定することだ。時には時期尚早につぶれてしまう計画もあるが、すべてのものは時が来れば終わりの時を迎えるという事実を否定しながら生きている人がいる。死を否定するリーダーは、もはやいのちのないものを生き返らせるようまわりの人々に要求することが多い。ずっと以前に中断すべきプロジェクトや計画が、自分の監視下では何も死なせたくないというリーダーの不安を解消するために継続している場合がある。

死を否定する内面には、別の種類の不安が潜んでいる。失敗に対する恐れである。ほとんどの組織において、失敗は解雇を意味する。たとえその失敗、その小さな死がより上を目指した結果であったとしても。興味深いことに、社会的にも信頼が厚い科学の分野では、この類いの恐れがないように見える。優れた科学者は、仮説が死ぬことを恐れない。というのも、時に「失敗」は、成功した仮説より、真理に近づくためのステップをより明確にするからだ。どの分野においても最高のリーダーは、失敗する可能性が高くても、価値あるリスクを取る人に報酬を与えるものだ。そのようなリーダーは、新たな試みが失敗しても——正しい失敗の理由がそこにあれば——必ず新しい知識へとつながることを知っている。
内面の旅で、死はすべてのものに訪れることを私たちは知る。しかし、死は決して終わりではない。死を受け入れることによって、時が来れば私たちはまた、新たないのちが現れる状況をつくるのである。

コミュニティーにおける「内面の仕事」

リーダーによく見られる内面の問題に私たちが互いに取り組み、助けることはできるのだろうか。それは可能だし、私はそうすべきだと信じている。リーダーとして自身の内面の問題をおろそかにすると、あまりにも多くの個人や組織を暗闇に放置することになる。家庭から企業、国家に至るまで、私が名前を挙げた影が原因で問題を抱えている人は多い。私たちはそこから抜け出せないので、その中に入らなければいけない。互いに助け合いながら、自らの内面を探る必要がある。具体的に、それはどのようなことを意味するのだろう。

まず初めに、私たちは「内面の仕事」の大切さを知ることである。内面の仕事という言葉が、家庭や学校、宗教組織でありふれたものになるべきで、少なくともそれが外面の仕事と同じくらい現実的であり、そのためのスキルを学ぶ必要があることを知ってもらいたい。そのスキルには、日記をつけたり、沈思黙考に導く読書、霊的友を持つこと、黙想や祈りなどが挙げられる。私たちは、親が知らないことを子どもたちに教えることができる。もし、内面の仕事をないがしろにすれば、外面の仕事にも支障が出るということを。

二番目に、内面の仕事を世の中で広めることが大切だ。それはきわめて個人的なことではあるが、必ずしも秘密にしておく必要はない。だれかと共に内面の仕事をすることが、ひとりでする場合と比べて大きな違いが出るのは事実だ。いったん自分の考えを脇に置き、だまされたつもりで他の人の助けを受けてみるのもいいかもしれない。

一方、どのようにしてコミュニティーがそのような助けを提供できるかが、重要な課題となる。私たちのまわりを見渡せば、「互いの間違いを正す」ことを習慣としているコミュニティーが多い。それは根本的に全体主義的な習慣で、人見知りをする魂を隠れ家に追いやるようなものだ。ありがたいことに、コミュニティーで行う別のタイプのサポート方法もある。

例えば、三章で紹介したクエーカーのクリアネス・コミティーが挙げられる。個人的な問題を少人数からなるグループに相談することができる。グループの人たちは「修正」やアドバイスを与えることが禁じられているが、三時間にわたる自由で正直な質問をすることによって、その人の内にある真実を探る助けをする。このようなコミュニティーによって行われるプロセスはその人を助け、支えるものであるが、出過ぎたことはしない。彼らはわからない点や可能性を徹底的に探る助けをしてくれるが、その人に代わって判断を下してはいけない。ちょうど助産婦のように、内側からしか産まれない意識の誕生を助けるかのように。

このようなコミュニティーの形を保つカギは、逆説を容認することだ。互いにひとりでいることを守りつつ、人との関係も保つという逆説だ。私たちは共に過ごす時間を大切にするが、ひとりで静まることも尊重する。相手を助けようとして、無意識のうちに犯してしまいがちな乱暴な行為を避ける。いのちの不思議を侵害しないようにしながらも、それを理解しようと努める。自分の必要を満たすために、決して他人にむりじいはしない。

人が、このような形で一緒にいることは不可能ではない。しかし、日常生活で実際それを目にすることはむずかしいかもしれない。私はうつ病を経験する中で、そのような体験をした。私の魂を侵害することなく、数人の人が私と共にいてくれたことで癒しを経験できた。彼らの行動は恐れから出たものではなかったので、人として生きるための命綱を私に与えてくれた。恐れから出たものは、修正しようとしたり、互いを見捨てたりする傾向がある。この命綱こそ、私が想像しうる最も意味あるリーダーシップだ。生きながら死んだような状態で苦しんでいる人を再びいのちに導くのだから。

三番目に、恐れが人生で持つ支配的な力について私たちは互いに気をつけるべきだ。恐れは、この章ですでに説明した可能性をすべて奪う力を持っている。あらゆる宗教や知恵が、恐れについて言及しているのも偶然ではない。それらすべてが、遥か昔から恐れに打ち勝とうとする人間の苦悩を描いている。さらに、多様性はあるものの、それらの教えは「恐れるな」という訓戒で一致している。

私自身も恐れを経験した者として、この言葉を人に失望しか与えない訓戒だと曲解しないよう気をつけたい。「恐れるな」とは、恐れを持ってはいけないという意味ではない。すべての人に恐れがあるし、リーダーとして召命を受けた人は特に数々の恐れの経験をすることが多い。この言葉が意味しているのは、自分が抱く恐れに支配され、恐れという存在になってはいけないということだ。私たちは、恐れをこの世に拡散させないためにも、恐れの心からリーダーシップを取ってはいけない。

私たちの内面には、恐れが存在する場所がある。しかし、信頼、希望、信仰が存在する場所もある。私たちはそれらの場所を選択し、リーダーシップを取ることができる。恐れで蝕まれていない場所に立ち、心配の地ではなく、約束の地から人々と向き合う。私たちがそのような場所の一つに立つとき、恐れは私たちのすぐ側にいて、私たちの霊はまだ震えているかもしれない。それでも私たちは、自らをしっかりと支えてくれるそれらの地に立つ。人々がさらに信頼や希望、信仰に満ちた存在になっていくよう導くために。

第六章　人生には四季がある

言葉が現実になる

この世に誕生したときに植えられた真の自己という「種」から、闇を通って光に向かう「旅」に至るまで、私は本書の中でさまざまなメタファーを用いながら自分らしさと天職についていて見てきた。この本を閉じるにあたり、別のメタファーである四季の移り変わりを通して、さらに自分らしさと天職について考えてみたいと思う。

四季のメタファーは、他者への理解を深めてくれる。種は、終わりなき四季の移り変わりの中でさまざまな成長の過程をたどる。また、四季の移り変わりはその旅に終わりがないことを気づかせてくれる。私たちのいのちも、永遠に同じことをくり返しているように見える。「私はだれか」とか「私はだれのものか」という問いに答えが見つけられないまま、私たちは堂々巡りをくり返したり、螺旋状に下降したりするが、リルケの言葉にあるように私たちは一生「問い続けながら生きている」のかもしれない。

四季のメタファーは、私たちの探求に新たな視点も与えてくれる。これまではいのちの内面やコミュニティー、リーダーシップを通して自分らしさや天職を見てきたが、今度は自然の世界、私たちを取り巻く目に見える世界を通してそれらを探っていきたい。

メタファーには、単に文学的表現以上の力がある。私たちのほとんどは、無意識のうちにメタファーを用いて人生を表現している。しかし、それら個人的に使われるメタファーは、私たちの現実を表す以上の働きをする。想像力は私たちが持つ最も重要な力の一つだが、その想像力によっていのちが吹き込まれると、しばしばメタファーは現実になる。メタファーは、ただの言葉から生きたものへと変化するのだ。

「人生は、ギャンブルのようだ――ある人は勝ち、ある人は負ける」と言う人がいる。しかし、そのメタファーは負ける運命論や賭けに勝つ執念を生み出してしまう。「人生は、戦場のようだ――敵を倒さなければ、敵にやられる」と言う人もいる。しかし、そのメタファーは敵があらゆるところに存在し、常に敵に包囲されている感覚をもたらす。

四季は、人生の変化を知るためのメタファーだと私は思う。人生は戦場でもギャンブルでもなく、無限に豊かで、未来は明るく、より現実的なものを示唆している。人生を永遠に続く四季の移り変わりとする考え方は、喜びや苦悩、光や影、得ることと失うことを否定することなく、すべてを受け入れるよう私たちに勧めている。さらに、それらすべてを成長の機会として捉えるように教えている。

もし、私たちが農耕社会に住み、自然に近い生き方をしていたなら、四季はメタファーや現実として今でも私たちの生活を形づくっていただろう。しかし、私たちの時代のおもなメタファーは、農業に由来するものではない。製造業から来たものだ。私たちは、いのちが「成長する」ことを信じていない。それを「作る」ことを信じているのだ。日頃、私たちが使っている言葉に注目してほしい。時間を作り、友達を作り、お金を作るといった具合だ。

かつてアラン・ワッツがひとりの中国人の子どもを見ていると、その子はこう質問したという。「赤ちゃんは、どうやって成長するの。」しかし、アメリカ人の子どもなら、おそらくこう質問するだろう。「どうやって赤ちゃんを作るの。」傲慢にも私たちは、幼い頃からどんな物でも製造できると確信している。この世にあるすべての物は、私たちが設計して造り出すまでは何の価値もない「原材料」にすぎないと信じているのだ。

もし、私たちの人生が、人の力ではどうすることもできない四季の移り変わりや戦略を立てでもコントロールできないゲームのようなものだと考えると、現代社会の風潮と全く逆流している。たとえ不可能なことであっても、自分が望むものは何でも作ることができ、いつでも欲しいときにそれが手に入ると謳う文化の中で私たちは暮らしている。さらに深いところでは、すべては自分の力によると信じたい自我との衝突も避けられないだろう。

私たちはそれらの歪んだ文化や自我に挑み、改善する必要がある。いのちの環境を尊重する考え方、行動、あり方を目指していかなければいけない。「原材料」の場合は私たちが原材料に要求を与えるが、いのちの環境の場合は環境が私たちにいのちを支えるよう要求してくる。ここで必要になるのは、この世の中を変えることだけでなく、私たちが変えられることである。

変化に困難はつきものだ。そのため、四季のメタファーには課題だけでなく、慰めも含まれていることを事前に知ってもらいたい。四季のイメージによると、私たちはこの宇宙でたったひとりの存在でないことがわかる。私たちは大きなコミュニティーに参加している一員であり、その教えに心を開いて受け入れるなら、この偉大で恵み豊かなコミュニティーの中でいかに生きるか学ぶことができる。私たちには学ぶことができるし、学ばなければいけない。科学が人道的で、組織が健全な形を維持し、癒しの力が増し、私たちのいのちが真実であるために。

秋

秋はこの上もなく美しいが、衰退を表す季節でもある。日は短くなり、光は覆われて、夏の豊かさは冬の死に向かって衰えていく。避けることができない冬の到来を前にして、自然はこの時期に何をするのだろう。自然は、春に新たな成長をもたらす種をまき散らす。それも、驚くほど豊かにまき散らすのである。

私自身の秋の経験では、種が植えられたという意識がほとんどない。その代わり、私の頭の中では夏に成長した緑色が茶色になり、死に近づいているという実感しかない。秋の紅葉の楽しみには、いつも哀愁の警告が鳴らされている。まわりを取り囲む美しさによって、その喪失感はますます高められる。新たないのちの希望によって高揚するというよりも、死の予感で私の気持ちは沈んでいく。

しかし、死と種まきという秋が示す逆説の意味を探っていくと、私はメタファーの力を感じざるをえない。私自身の秋らしい経験と言えば、意味の喪失や衰退する関係、死んだような状態の仕事など、すぐに表面的なことばかりに目が行ってしまう。しかし、さらに深く見ていくと、後の季節に実を結ぶものが植えられた可能性が無数に見えてくる。

私の人生の中でも、ふり返って初めて、当時は見えなかったものが見えるときがある。仕事を失ったことがきっかけで、私がやるべき仕事を見つけたり、「この先行き止まり」の標識で方向転換を余儀なくされたおかげで、私が行くべき道に向かったり、取り返しのつかない損失をしたりしたために、私が悟るべき意味を理解するに至ったことがあった。表面的にはいのちが減少しているように見えたが、静かに、そして豊かに新たないのちの種はいつもまかれていた。

生は死の内側に隠されているというこの希望に満ちた考えは、見た目も美しい秋によってさらに強調される。もし、自然がまずそれを示さなければ、芸術家が死にゆく季節をこのような鮮やかな色調で彩ることはできなかっただろう。死は、私たちが——死を恐れ、それを醜く、汚らわしいと思う私たちが——見ることができない美しさを持っているのだろうか。死と優美さが手に手をとるような秋の風景を、私たちはどのように理解したらいいのだろう。

この問いに対する答えとして、私が最も近いと思うのは次のトーマス・マートンの言葉だ。「すべて目に見えるものの中に……隠された全体性がある。」目に見える自然界においては、大いなる真理がわかりやすい場所に隠されている。美と減退、光と影、いのちと死は、相対するものではない。それらは「隠された全体性」という逆説の内で一つとなっているのだ。

逆説の中では、相対するものが互いを否定しない。現実の核となる部分で、それらは不思議な一貫性を保っている。さらに突き詰めていくと、それらが健全であるためには互いを必要としていることがわかる。ちょうど、私の体が息を吸ったり吐いたりするように。

しかし、複雑な逆説よりも安易な二者択一的考えを好む文化では、相対するものを包括的に捉えることがむずかしい。私たちは、闇のない光を欲する。秋や冬を迎えることなく、光り輝く春や夏を求める。全知全能を望んで悪魔に魂を売ったファウストのような取引をして、結局私たちは自らのいのちを失ってしまうのである。

闇を恐れるあまり昼夜問わず光を求めて私たちが得たものと言えば、美しさに欠け、まぶしく光る人工の光だ。どこに住んでいようが、人が闇を拒めば拒むほど、闇の恐怖は増すばかりだ。互いが分断された結果、闇も光も人の住居に合わないものになってしまった。しかし、もし私たちが闇と光の逆説を許すなら、この二つは共に働いてすべてのいののちに全体性と健全性をもたらすのだ。

私が日々死に近づいていることは、新しいいのちが生まれる前ぶれであると秋は常に教えている。もし、私が減退していく秋を無視していのちを「作ろう」とすれば、結果はせいぜい人工的な、全く生彩を欠くものであろう。しかし、生きることと死にゆくこと、死にゆくことと生きることという終わりなき相互作用に自分自身をゆだねることができれば、色鮮やかで、多くの実を結び、全体性を持つ本物のいのちが与えられるだろう。

冬

秋の小さな死は、完全な死である冬の前ぶれにすぎない。南部出身でユーモアに溢れたロイ・ブロウントが私の住むアメリカ中西部の北部に来たとき、ここの冬は天候というより、天罰だと言った。かつてここに住むだれかがとてつもない悪をしでかし、私たちがいまだにその罪の代償を払っているのだと彼は信じて疑わなかった。

この地の冬は厳しく、だれもこの鍛錬をありがたいと思っていない。死が、絶大な勝利を誇っているように見える季節だ。活動している動物はほとんどいない。目に見える形で成長している植物もなく、自然は私たちの敵であるかのように感じられる。それでも、減退していく秋と同様に、厳しい冬にも驚くべき賜物が与えられる。

その賜物の一つは美しさだ。それは秋の美しさとは異なっているが、さらに心惹かれるものがそこにはある。静かに降り注ぐ雪の空ほど、この上なく美しい風景や音がこの世に存在するとは私には思えない。また別の賜物は、冬眠や深い眠りがすべての生けるものにとって必要不可欠であると気づかせてくれる。見た目とは違い、冬の間もむろん自然は死んではいない。隠れたところではいのちが再び始動し、春の準備をしている。冬は、私たちにも同じことをするようアドバイスを与え、促している。

しかし、冬はさらに偉大な賜物を私に与えてくれる。空が澄みわたり、太陽が輝き、木々が葉を落とし、初雪がまだ降っていないときに、その賜物は与えられる。それは、澄み渡る鮮明さである。わずか数か月前は夏の成長で森はくすんで見えたが、冬には木々を一本一本、あるいはまとめてはっきり見ることができ、木々が根を下ろしている地面を見ることができる。

数年前に、私の父が亡くなった。彼は単なる「善良な人」以上のすばらしい人で、彼の死後しばらくの間私は長くて辛い冬を経験した。しかし、凍りついたような喪失感の中で、彼が生きているときには見えなかったものが鮮明にされた。彼の豊かな愛が私を包んでいたときには隠されていたものが、見えるようになったのだ。どれほど私は、彼が人生の無情な衝撃から守ってくれることを当てにしていたか。彼がいなくなって初めて、「これからは、自分でそれをやらなくてはいけない」と私は思った。しかし、時が経つにつれて、より深い真理がわかった。それらの衝撃を吸収していたのは私の父ではなく、彼が私に頼るようにと教えてくれた、より大きく深い恵みであった。

父が生きていた頃、私は教えることと教師であることを混同していた。今はもう私の教師はいないが、その恵みはまだここにある。そして、そのことが鮮明にわかったことで、彼の教えはより深く私の内で根を張るようになった。冬は風景を鮮明にし、それがどんなに厳しい季節であっても、自分自身や互いをより鮮明に見る機会を与えてくれる。私たちの存在の根底に至るまで。

アメリカ中西部の北部では、この地に引っ越して来た人によく、冬に備えて昔ながらのアドバイスが与えられる。「外に出る方法さえ学べば、冬の悩みも解決する。」ここに住む人は温かい服装をすることにお金をかけて外に出るようにし、厳冬の間家に籠もりっきりになることから来る情緒不安を避けている。もし、ここに長く住んでいれば、大胆にも恐れの真っただ中に突き進んで行くような冬の散歩は霊を強めるということがわかる。

私たちが内面に抱える冬は、多くの形をとって外に現れる——失敗、裏切り、うつ状態、死……。しかし、私の経験によると、それら一つひとつに対するアドバイスは同じだ。「外に出る方法さえ学べば、冬の悩みも解決する。」私たちが最も避けようとする恐れの中に大胆に入ることができるまで、その恐れは私たちのいのちを支配する。しかし、私たちが恐れに向かってまっすぐに歩んでいくと——友情、あるいは霊的訓練や導きという名の温かい衣装を身にまとって凍傷を避けながら——恐れが私たちに教えようとしていることを学ぶことができる。それができると、最も絶望的な季節の中にあっても、四季の移り変わりは信頼でき、いのちを与えるものであると再び認識することができる。

春

春の美しさを謳歌する前に、まず厳しい現実について語らなければならない。春は美しくなる前に、泥と堆肥といった醜いもので満ちている。早春に畑を歩くと、長靴が泥に埋まってしまう。あまりにも雨が多く惨憺たる世界で、いっそのこと氷の世界のほうがマシだとさえ思ってしまう。しかし、ぬかるみまみれの混沌とした中で、復活のための下地は作られていく。

腐葉土（humus）——腐らせた植物成分で、植物の根に栄養を与える——という言葉と謙遜（humility）の語源は同じだと知り、いたく気に入ってしまった。その語源の意味に恵みを感じる。私の顔や名前に「泥を塗るような」屈辱的な（humiliating）経験は、何か新しいものが育つための肥えた土を作ると理解できるようになった。

春はゆっくりとためらいがちにやって来るが、不屈の精神で成長していくことに私はいつも感動してしまう。最も小さく弱々しい新芽は自らの道を主張して、わずか数週間前には全くいのちのなかった地面から生え出て来る。クロッカスやスノードロップの花は、長くはもたない。しかし、たとえ短命であってもその花の出現は希望の兆しであり、その小さな始まりから希望は飛躍的な成長を見せる。日が長くなり、風は暖かさを増し、世界は再び緑色になる。

私の人生では、冬のような経験が円滑に春に移行するとき、むずかしいのは泥への対処だけではない。私にとっては、わずかな兆しから大きな出来事を期待したり、結果が確実になるまで希望を持つことがむずかしい。春は、可能性を示す緑色の茎をもっと注意深く探すようにと私に教えてくれる。より確かな理解へと導くわずかな直感、冷えきった関係を和らげるちょっとした視線やしぐさ、この世も捨てたものではないと思わせる見知らぬ人の小さな親切など、小さなことに目を止めるようにと春は促す。

春爛漫なようすについて書くのは、むずかしい。春の終わりはあまりにもけばけばしすぎて、まるで滑稽な絵を見ているようだ。この季節が、表現力より情熱を持った詩人に好まれるのもうなずける。しかし、おそらくそのような詩人にも、一理あるだろう。私たちは、この華やかさに身を委ねるべきなのかもしれない。人生とは、冬がそうさせるように、評価や試みを受けるだけのものでなく、時にはほとばしる色彩と成長を満喫するものだと理解すべきなのかもしれない。

春の終わりは、必要や理屈を超えて豊かに花を咲かせる時期だ。ただ純粋な喜びから、春はそうしているように見える。冬に控えられていたいのちの贈り物が再び与えられると、自然はそれを蓄えもせず、すべてを与えてしまう。ここにまた、逆説が見られる――もし、贈り物を受け取ったら、自分のものとして握り占めるのではなく、他の人に手渡すことにより、そのいのちを保ち続けなければいけない。

むろん現実主義者たちは、自然が浪費するのには常に実際的な目的があると言う。確かに、それも事実であろう。しかし、木々の節度を超えた浪費ぶりをアニー・ディラードが彼女の著書で指摘して以来、私はそのことを不思議に思っている。彼女は、通常の木がどれほど過度に与えているか、具体的な例を挙げて説明している。もし疑うなら、木と全く同じ大きさの模型を作って試したらどうかと提案する。それから、現実主義者たちに対して皮肉たっぷりに彼女はこう書いている。「あなたは神で、森を作りたいと思っている。土を支え、太陽エネルギーを確実に得て、酸素を供給してくれるものを。それらを得るのが目的なら、大量の緑色のネバネバした化学物質をいくつか混ぜ合わせて作ったほうが、簡単ではないか。」

種を浪費する秋にしても、過度に与え過ぎる春にしても、自然は一つの教訓を教えている――もし、自分のいのちを救いたいのなら、それを自分のものとして握り占めるのではなく、豊かに使わなければいけない。利益や生産性、時間や進行の効率、目的と手段の合理性、妥当な目標を掲げ、それを最短距離で行う……。それらのことで頭がいっぱいなら、私たちの仕事は十分な実を結ばないだろう。私たちのいのちが、春の豊かさを経験することはないだろう。

それにしても、いつから私たちは最短距離(beeline)というメタファーをまちがって使うようになったのだろう。春にハチが働くようすをよく見たほうがいい。ハチはいのちの限り花々を行き来しながら、あらゆる場所を飛び回っている。確かにハチは実際的で生産的だが、彼らも自分の仕事を楽しんでいないとは私には到底思えない。

夏

私が住んでいるところでは、夏と言えば豊かさだ。森には藪が生い茂り、木々には果実、牧草地には花々や草、畑には小麦やとうもろこし、家庭菜園にはズッキーニ、そして庭には雑草が満ちあふれている。何かとセンセーショナルな春と比べると、夏は安定した豊かさ、緑と琥珀色の豊穣さをもって、私たちの必要以上の供給を与えてくれる。

もちろん、自然は絶えず豊作を生み出すわけではない。洪水や干ばつが作物を台無しにし、農業を営む人のいのちや生活を脅かす夏もある。しかし、通常自然は欠乏と豊かさという周期を確実にくり返し、損失の後にはやがて恵み豊かな畑に戻ることを告げている。

この自然の摂理は、人が本質的に抱える心理状態ときわめて対照的である。私たちは、絶えず欠乏感を持つことがいのちの法則だと思っているようだ。私自身にも、必要な物が足りないとすぐに信じてしまう傾向がある。私たちが物を溜め込んでしまうのは、足りなくなると信じているからだ。人と権力争いをするのは、権力を持つのは限られた人だけだと信じているからだ。人間関係で嫉妬するのは、ある人が多くの愛を受けると、自分の受ける分が減ると信じているからだ。

この文章を書いているときでさえ、私は欠乏の心理と戦っている。真っ白なページを眺めながら、別のアイデアやイメージ、たとえは思いつかないとあきらめることは簡単だ。書き上げた原稿を読み返し、「気に入らないけれど、これよりいいものは書けそうにないから、そのままにしておこう」と言うのは簡単だ。可能性は無限にあると信じ、探求し続けることこそがむずかしい。

皮肉なことに、また往々にして悲劇的なのは、欠乏の心理を抱えていると、実際に自らが恐れている欠乏状態をつくり出してしまうことだ。もし、私が物を溜め込んでしまうと、他の人はほとんどそれを所有することができず、私も決して十分に所有できない。もし、私が権力争いの階段を上り続けると、他の人は敗北し、私も決して安心することができない。もし、私が愛する人に嫉妬したら、私はおそらくその人を退けてしまうだろう。もし、私がそれ以上の表現はないかのように書いた言葉に固執するなら、新たな可能性の扉は開かれないだろう。私たちが欠乏をつくり出すのは、恐れを抱きながら欠乏を法則として受け入れるからである。サハラ砂漠のオアシスで取り残されたかのように、他の人と限られた資源を争うことによって、欠乏はつくり出されてしまうのだ。

人間の世界では、豊かさは自然に生まれない。豊かさは、私たちが意識的にコミュニティーを選んで持っている物を分かち合い、共に集まって祝うときに生み出される。不足している物がお金や愛、権力や言葉であっても、真のいのちの法則は与えられることを信じ、それを他の人と分かち合うことによって、不足している物を生み出すことができるのだ。ほんとうの豊かさは、安心のために蓄えられた食糧やお金、影響力、愛情の中にあるのではなく、コミュニティーに属するときに与えられる。私たちは必要としている人に与え、私たちが必要としているときは人から受けるという、コミュニティーの中に真の豊かさがある。

私は時々大学のキャンパスで、学生時代におけるコミュニティーの重要性について話す機会が与えられる。大学は、私が知る中でも最も競争の激しい場所の一つである。あるとき私の話が終わったあとに、一人の男性が聴衆の中から立ち上がって、「私は、何々という著名な生物学部の学部長だ」と自己紹介をした。彼のもったいぶった自己紹介から考えて、彼は私に何か抗議するのだろうと思った。しかし、彼はただシンプルにこう言った。「コミュニティーの中で生きることを互いに学ばなければいけないという意見に私も同感です。結局、それが唯一すばらしい生物学だと思います。」かつてダーウィンの「適者生存」や「弱肉強食」などの不安に満ちたメタファーによって煽られた秩序が、今では新しいメタファーを持つようになった――コミュニティーである。もちろん、死というものがなくなったわけではないが、死は豊かないのちにあふれたコミュニティーの遺産として理解されるのである。

夏から得られる真理が、ここにある。豊かさとは、コミュニティーによる行為をさす。コミュニティーは複雑に影響し合う環境をつくり出し、各自は全体のために存在するとともに、全体によって支えられている。コミュニティーは、単に豊かさをつくらない。コミュニティー自体が豊かなのだ。もし、私たちが自然界からこの方程式を学ぶことができれば、人間の世界は変えられるかもしれない。

夏は、秋、冬、春の約束手形のすべてが満期を迎える季節だ。毎年、借金は利息をつけて返済される。夏には、かつて自然の移り変わりを疑ったことが嘘のように思える。死が決定力を持ったかのように思え、新たないのちの力を疑ってしまった記憶が薄らいでいく。夏は、自分が思うほど私たちの信仰は強くないことに気づかせてくれる。さらに、少なくともこの季節だけが私たちの不安をかき消し、永続的で恵み豊かなコミュニティーの生活に身を委ねるよう促してくれる。

Parker J. Palmer, *Seeking Vocation in Darkness and Light* (Swannanoa, N.C.: Warren Wilson College, 1999).

Parker J. Palmer, "On Minding Your Call–When No One Is Calling," *Weavings*, May-June 1996, pp. 15-22.

Parker J. Palmer, "All the Way Down: Depression and the Spiritual Journey," *Weavings*, Sept.-Oct. 1998, pp. 31-41.

Parker J. Palmer, *Leading from Within: Reflectings on Spirituality and Leadership* (Indianapolice: Indiana Office of Campus Ministry, 1990).

Parker J. Palmer, *Seasons* (Kalamazoo, Mich.: Feizer Institute, n.d.).

William Stafford, "Ask Me," from *The Way It Is: New & Selected Poems* (St. Paul, Minn.: Graywolf Press, 1998), p. 56.

Mohandas K. Gandhi, *An Autobiography, or the Story of My Experiments with Truth* (Ahmedabad, India: Navajivan Press, 1927)

May Sarton, "Now I Become Myself," in *Collected Poems, 1930-1973* (New York: Norton, 1974), p. 156.

Martin Buber, *Tales of the Hasidim: The Early Masters* (New York: Schocken Books, 1975), p. 251.

Fredelick Buechner, *Wishful Thinking: A Seeker's ABC* (San Francisco: HarperSan Fancisco, 1993), p. 119.

Phil Cosineau, *The Art of Pilgrimage* (Berkely: Conari Press, 1998), p. xxiii.

Parker J. Palmer, *The Company of Strangers: Christians and the Renewal of America's Public Life* (New York: Crossroads, 1981).

See Haward H. Brinton, *The Pendle Hill Idea: A Quaker Experiment in Work, Worship, Study* (Wallingford, Pa.: Pendle Hill, 1950), and Eleanor Price Mather, *Pendle Hill: A Quaker Experiment in Education and Community* (Wallingford, Pa.: Pendle Hill, 1980).

Rumi, "Forget Your Life," in *The Enlightment Heart,* ed. Stephen Mitchell (New York: HarperCollins, 1989), p. 56.

Rosa Parks, *Rosa Parks: My Story* (New York: Dial Books, 1992), p. 116.

For details on the conduct of a clearness committee, see Rachel Livsey and Parker J. Palmer, *The Courage to Teach: A Guide for Reflection and Renewal* (San Francisco: Jossey-Bass, 1999), pp. 43-48.

May Sarton, "Now I Become Myself," in *Collected Poems*, 1930-1973 (New York: Norton, 1974), p. 156.

Quoted in Elizabeth Watson, *This I Know Experimentally* (Philadelphia: Friends General Conference, 1977), p. 16.

Robert Pinsky, *Canto I* from *The Inferno of Dante: A New Verse Translation* (New York: Noonday Press, 1994), canto 1:1-7.

See, for example, Henri J. M. Nouwen, *The Inner Voice of Love: A Journey Through Anguish to Freedom* (New York: Doubleday, 1996).

Rainer Maria Rilke, *Letters to a Young Poet*, trans. M. D. Herter Norton (New York: W. W. Norton & Company, 1993), p. 59.

Florida Scott Maxwell, *The Measure of My Days* (New York: Penguin Books, 1983), p. 42.

Václav Havel, speech delivered to joint meeting of U.S. Congress. From *The Art of the Impossible* by Václav Havel; trans. Paul Wilson et al. (New York: Alfred A Knopf, Inc., 1997), pp. 17-18.

Annie Dillard, *Teaching a Stone to Talk* (New York: HarperCollins, 1982), pp. 94-95.

Vincent Kavaloski and Jane Kavaloski, "Moral Power and the Czech Revolution," *Fellowship*, Jan.-Feb. 1992, p. 9.

See, Livsey and Palmer, *The Courage to Teach: A Guide for Reflection and Renweal*, pp. 43-48.

Rainer Maria Rilke, *Letters to a Young Poet*, trans. M. D. Herter Norton (New York: Norton, 1993), p. 35.

Thomas Merton, "Hagia Sophia," in A *Thomas Merton Reader*, ed. Thomas P. McDonnell (New York: Doubleday, 1989), p. 506.

Annie Dillard, *Pilgrim at Tinker Creek* (New York: Harper's Magazine Press, 1974), pp. 129-130.

訳者のあとがき

日本語の天職という言葉は、言い得て妙だなと思います。天から与えられた職業だから、天職。神さまと個人的関係を持つ人がきわめて少ない日本でも、その人の天性にぴったり合った仕事は人を超えた存在から与えられると考えられているようです。それでは、神さまと個人的な関係を持つクリスチャンは天職を見つけやすいのかというと、本書で著者が自身の苦い経験を書いているように、その逆のケースが多いようです。

私がこの本に出合ったのは、十五年前です。当時まだ婚約者だった夫から二冊の本が送られてきました。一冊は結婚に関する本で、もう一冊がこの本でした。彼はカナダのバンクーバーで牧師をしており、東京に住む私と同じ本を読んでメールや電話で意見を交わしたいということでした。結婚の本の内容は今ではほとんどおぼえていませんが、この本から教えられた知恵や真理はその後もずっと私たちの心に残り、十五年経って多少人生経験が増えた今読み返すとなおのこと、改めてその真実性に驚かされるほどです。

二年ほど前、夫が書いた『忙しい人を支える賢者の生活リズム』が日本でも出版されることが決まり、私が翻訳を担当することになりました。その本の中で本書からの引用があったため日本語訳本の有無を調べてみると、この本がまだ日本で出版されていないことを知りました。個性を生かすより、まわりとの協調性が求められる日本文化では、自己の内なる声を無視しがちです。外側から来る「何々すべきだ」という声に従いやすい日本人に、ぜひこの本を紹介したいと思いました。

著者であるパーカー・パルマー先生はキリスト教の世界だけでなく、教育や社会変動の分野でもアメリカでは最も尊敬されているリーダーのひとりです。二〇一六年のアメリカ大統領予備選挙でまさかの躍進を見せたトランプ氏について、日本のNHKにあたるカナダのCBCは四月はじめにパルマー先生にインタビューしていました。七十七歳になった現在、クリスチャン以外の人からもその深い知恵と見識を求められているパルマー先生ですが、四十代まで天職を模索し悩んでいたとは嘘のようです。若い人たちのためにと、その当時の失敗や心の葛藤を包み隠さず記してくださった先生の勇気と誠実さからも学ぶべき点が多くあると思います。この本を読んだ方が、著者自身の経験を通して与えられた知恵から励ましを受け、真の自己に耳を傾けて天職を知るきっかけをつかんでくだされば、訳者としてこれ以上の喜びはありません。

賜物も贈り物も、英語ではギフト（gift）です。同じ意味の言葉に違う訳語をあてると混乱を招くので、本書でギフトはすべて賜物と統一して訳してありますが、一か所だけ、贈り物でもいいかなと感じた箇所があります。「人はみな賜物として、かつ賜物を持って生まれた」という文章ですが、「人はみな贈り物として、かつ贈り物を持って生まれた」とすると少し違ったニュアンスになります。「私たちは、神さまからこの世に送られて来た贈り物」という考え方が私個人としてはいいなと思いました。自分がどのような贈り物なのかを知り、その贈り物をほかの人のために役立てて喜んでもらうことこそが私たちの召命であり、天職だと私は理解しています。

最後になりましたが、この本の編集を担当してくださったいのちのことば社の根田祥一氏、山口暁生氏と、私にこの本の翻訳を勧め、日本語で表現するのがむずかしい箇所（かなりたくさん）を英語で解説してくれた夫のケンには心から感謝しています。

二〇一六年六月　バンクーバーにて

重松 早基子

著者　パーカー・J・パルマー

パーカー・J・パルマーは、教育、コミュニティー、リーダーシップ、霊性、社会変動の問題を扱う作家、講演者であり活動家である。彼は、教師、経営者、医師、慈善家、非営利団体のリーダーや聖職者たちに向けた長期のリトリートを運営する「勇気と回復のためのセンター」の創設者であり、共同経営者でもある。

カリフォルニア大学バークレー校で社会学の博士号取得のほか、十三の名誉博士号、全米教育出版協会から二つの功労賞と教会出版連合から優秀賞を受賞。

パルマーの九冊の著書は、発行総部数が百万部を突破、数々の賞を受賞し、十か国語に翻訳されている。主な著書に『民主主義の心を癒す』、アーサー・ザジョンクとの共著『高等教育の心』、『大学教師の自己改善』（玉川大学出版部）、『隠された全体性』、『活動的な人生』、『教育のスピリチュアリティ――知ること・愛すること』（日本基督教団出版局）、『見知らぬ友と逆説の約束』がある。

彼の最新作『民主主義の心を癒す――人の精神に値する政治をつくる勇気』は、民主主義と教育ジャーナル誌から、民主主義を重んじる人にとって「今世紀初頭の最も重要な本

著者　パーカー・Ｊ・パルマー

の一つ」と評され、スピリチュアリティと実践誌の黙想と社会行動主義部門で、二〇一一年の最も優れた本の一つに選ばれた。

一九九八年、一万人の教職員による国内調査「リーダーシップ・プロジェクト」から、高等教育における「最も影響力のあるリーダー」三十人の中の一人として選出されたほか、過去十年間で最も重要な「意思決定ができる人」十人の中の一人として指名された。

二〇〇二年より、医療教育適正調査委員会は毎年、パーカー・Ｊ・パルマーの「教える勇気」賞と「導く勇気」賞を模範的研修医プログラムの指導者たちに授与している。

二〇〇五年、『問い続ける人生――パーカー・Ｊ・パルマーの作品と人生から影響を受けたエッセイ』が出版された。

二〇一〇年、過去にマーガレット・ミード、エリ・ヴィーゼル、マーシャル・マクルーハン、パウロ・フレイレらが受賞した、ウィリアム・レイニー・ハーパー賞を受賞。

二〇一一年、ウットニー・リーダー誌が毎年選ぶ「世界を変える人々」の中で彼は二十五人のビジョンを持つ人の一人として選出された。

レリジャス・ソサエティ・オブ・フレンズ（クエーカー）の会員として、パルマー博士は妻のシャロン・パルマーと共にウィスコンシン州マジソンに在住。

いのちの声に聴く
ほんとうの自分になるために

2016年9月20日　発行

著　者　パーカー・J・パルマー
訳　者　重松早基子
印刷製本　シナノ印刷株式会社
発　行　いのちのことば社
〒164-0001 東京都中野区中野2-1-5
電話 03-5341-6922（編集）
03-5341-6920（営業）
FAX03-5341-6921
e-mail:support@wlpm.or.jp
http://www.wlpm.or.jp/

ISBN 978-4-264-03598-5